COLLECTION FOLIO

Antonio Tabucchi

Rêves de rêves

Traduit de l'italien
par Bernard Comment

Gallimard

La traduction française de ce livre et dédiée à la mémoire de Pierre Prentki.

Titre original :

SOGNI DI SOGNI

Cet ouvrage a paru initialement chez Christian Bourgois Éditeur en 1994.

Né à Pise en 1943, Antonio Tabucchi est l'auteur d'une vingtaine de livres traduits dans le monde entier et qui ont reçu plusieurs récompenses internationales (prix Médicis étranger en 1987, prix Campiello et Viareggio en 1994, prix européen Jean Monnet en 1995, prix France Culture étranger en 2002). Traducteur de Pessoa auquel il a consacré plusieurs essais, professeur de littérature portugaise à l'université de Sienne, il intervient régulièrement dans la presse européenne (*Le Monde, Il Corriere della Sera, La Repubblica, l'Unità, El País*) et a notamment publié de nombreux textes dans *La Nouvelle Revue française.*

Antonio Tabucchi partage son temps entre la Toscane, Paris et Lisbonne.

Certains de ses livres ont été adaptés au théâtre et au cinéma (*Nocturne indien* par Alain Corneau, *Le fil de l'horizon* par Fernando Lopes, *Pereira prétend* par Roberto Faenza, *Requiem* par Alain Tanner).

à ma fille Teresa,
qui m'a offert le cahier
où est né ce livre

Sous l'amandier de ta femme, lorsque la première lune d'août surgit de derrière la maison, tu pourras, si les dieux sourient, rêver les rêves d'un autre.

Ancienne chanson chinoise

Note

Le désir m'a souvent gagné de connaître les rêves des artistes que j'ai aimés. Malheureusement, ceux dont je parle dans ce livre ne nous ont pas laissé les parcours nocturnes de leur esprit. La tentation d'y remédier est grande, en appelant la littérature à remplacer ce qui s'est perdu. Je me rends pourtant compte que ces récits de substitution, imaginés par un nostalgique de rêves ignorés, ne sont que de pauvres suppositions, de pâles illusions, d'improbables prothèses. Qu'ils soient lus comme tels, et que les âmes de mes personnages, qui à présent rêvent de l'Autre Côté, soient indulgentes avec leur pauvre descendant.

A.T.

Rêve de Dédale, architecte et aviateur

Une nuit d'il y a des milliers d'années, en un temps qu'il n'est pas possible de calculer avec exactitude, Dédale, architecte et aviateur, fit un rêve.

Il rêva qu'il se trouvait dans les entrailles d'un immense palais, et qu'il traversait un couloir. Celui-ci débouchait sur un autre couloir et Dédale, fatigué, incertain, avançait en s'appuyant contre les murs. Quand il eut parcouru le couloir, il déboucha sur une petite salle octogonale, d'où partaient huit couloirs. Dédale commença à ressentir une grande anxiété, et un désir d'air pur. Il s'enfila dans un des couloirs, mais celui-ci aboutissait à une paroi. Il s'enfila dans un autre, qui lui aussi aboutissait à une paroi. Dédale s'y reprit à sept fois jusqu'à ce que, à la huitième tentative, il s'enfilât dans un très long couloir qui, après une série de courbes et de virages à angle droit, débouchait sur un autre couloir. Il s'assit alors sur un escalier en marbre et se mit à réfléchir. Sur les parois du couloir, il y avait des torches allumées qui illuminaient des fresques de couleur bleu ciel représentant des oiseaux et des fleurs.

Moi seul je peux savoir comment sortir d'ici, se dit Dédale, et je ne m'en souviens pas. Il enleva ses sandales et se mit à marcher pieds nus sur le dallage de marbre vert. Pour se consoler, il entonna une ancienne cantilène qui l'avait bercé dans son enfance. Les arcades du long couloir lui renvoyaient l'écho dix fois répété de sa voix.

Moi seul je peux savoir comment sortir d'ici, se dit Dédale, et je ne m'en souviens pas.

À cet instant, il déboucha dans une vaste rotonde, décorée de paysages absurdes peints à fresque. Il se souvenait de cette salle, mais il ne se rappelait pas pourquoi il s'en souvenait. Il y avait des sièges recouverts d'étoffes luxueuses, et, au milieu de la pièce, un ample lit. Sur le bord du lit, un homme svelte était assis, aux manières vives et juvéniles. Cet homme avait une tête de taureau. Il se tenait la tête entre les mains, et sanglotait. Dédale s'approcha de lui et lui posa une main sur l'épaule. Pourquoi pleures-tu ?, lui demanda-t-il. L'homme dégagea la tête de ses mains et le fixa de ses yeux de bête. Je pleure parce que je suis amoureux de la lune, dit-il, je l'ai vue une seule fois, lorsque enfant je me mis un soir à une fenêtre, mais je ne peux pas la rejoindre parce que je suis emprisonné dans ce palais. Je me contenterais de m'étendre simplement sur un pré, durant la nuit, et de me faire caresser par ses rayons, mais je suis emprisonné dans ce palais, cela fait depuis mon enfance que je suis enfermé dans ce palais. Et il recommença de pleurer.

Alors Dédale ressentit une grande peine, le cœur lui battait fort dans la poitrine. Je t'aiderai à sortir d'ici, dit-il.

L'homme-bête leva de nouveau la tête et le fixa de ses yeux bovins. Dans cette pièce, il y a deux portes, dit-il, et pour garder chacune des portes, il y a un gardien. Une porte conduit à la liberté, une porte conduit à la mort. Un des gardiens ne dit que la vérité, l'autre ne dit que des mensonges. Mais je ne sais pas quel est le gardien qui dit vrai et quel est le gardien qui ment, ni quelle est la porte de la liberté et quelle est la porte de la mort.

Suis-moi, dit Dédale, viens avec moi.

Il s'approcha d'un des gardiens et lui demanda : quelle est la porte qui, d'après ton collègue, conduit à la liberté ? Puis il changea de porte. En effet, s'il avait interpellé le gardien menteur, celui-ci, en modifiant l'indication vraie du collègue, lui aurait indiqué la porte de l'échafaud ;

si, au contraire, il avait interpellé le gardien qui disait la vérité, celui-ci, en lui donnant sans la modifier l'indication fausse du collègue, lui aurait indiqué la porte de la mort.

Ils franchirent cette porte et parcoururent de nouveau un long couloir. Le couloir était en pente ascendante et débouchait sur un jardin suspendu d'où l'on dominait les lumières d'une ville inconnue.

À présent Dédale se souvenait, et il était heureux de se souvenir. Sous les buissons, il avait caché des plumes et de la cire. Il l'avait fait pour lui-même, pour fuir ce palais. Avec ces plumes et cette cire, il construisit habilement une paire d'ailes et les appliqua sur les épaules de l'homme-bête. Puis il le conduisit à la limite du jardin suspendu et lui parla.

La nuit est longue, dit-il, la lune montre sa face et t'attend, tu peux voler jusqu'à elle.

L'homme-bête se tourna et le regarda avec ses doux yeux de bête. Merci, dit-il.

Vas-y, dit Dédale, et il l'aida à s'élancer. Il regarda l'homme-bête qui s'éloignait à grands coups d'aile dans la nuit, et qui volait en direction de la lune. Et il volait, il volait.

Rêve de Publius Ovidius Naso, poète et courtisan

À Tomes, sur la mer Noire, dans la nuit du seize janvier après Jésus-Christ, une nuit de gel et de bourrasque, Publius Ovidius Naso, poète et courtisan, rêva qu'il était devenu un poète aimé de l'empereur. Et, en tant que tel, par miracle des dieux, il s'était transformé en un grand papillon.

C'était un énorme papillon, grand comme un homme, aux majestueuses ailes jaune et azur. Et ses yeux, des yeux démesurés et sphériques de papillon, embrassaient l'horizon entier.

On l'avait hissé sur un char en or, aménagé exprès pour lui, et trois paires de chevaux blancs le conduisaient à Rome. Il cherchait à se tenir debout, mais ses frêles pattes ne réussissaient pas à supporter le poids des ailes, de sorte qu'il était régulièrement contraint de s'affaler sur les coussins, avec les pattes qui gigotaient en l'air. Celles-ci étaient ornées de colliers et de bracelets orientaux, et il les montrait avec satisfaction à la foule qui l'applaudissait.

Quand ils arrivèrent aux portes de Rome, Ovide s'extirpa des oreillers et, au prix d'un grand effort, s'aidant de ses pattes élancées, il entoura sa tête d'une couronne de laurier.

La foule était en extase, et beaucoup se prosternaient, parce qu'ils le prenaient pour une divinité de l'Asie. Ovide voulut alors les avertir qu'il était Ovide, et il commença de parler. Mais un étrange sifflement sortit de sa bouche, une stridulation très aiguë et insupportable qui obligea la foule à se boucher les oreilles avec les mains.

Vous n'écoutez pas mon chant ?, cria Ovide, c'est le chant du poète Ovide, celui qui a enseigné l'art d'aimer, qui a parlé de courtisanes et de fards, de miracles et de métamorphoses !

Mais sa voix était un sifflement indistinct, la foule s'écartait devant les chevaux. Ils arrivèrent finalement au palais impérial et Ovide, se tenant gauchement sur ses pattes, monta les marches qui le conduisaient au César.

L'empereur l'attendait, assis sur son trône, et buvait un pichet de vin. Écoutons ce que tu as composé pour moi, dit le César.

Ovide avait composé un petit poème en vers souples, maniérés et un peu osés, qui allaient réjouir le César. Mais comment les dire ?, pensat-il, si sa voix n'était qu'une stridulation d'insecte. Il eut alors l'idée de communiquer ses vers au César par des gestes, et il commença de secouer mollement ses majestueuses ailes colorées en un ballet merveilleux et exotique. Les rideaux du palais s'agitèrent, un vent désagréable balaya les pièces et le César, irrité, jeta le pichet sur les dalles. Le César était un homme bourru, qui aimait la frugalité et la virilité. Il ne pouvait pas supporter que cet insecte indécent exécutât devant lui un ballet pareillement efféminé. Il battit des mains et les prétoriens accoururent.

Soldats, dit le César, coupez-lui les ailes. Les prétoriens dégainèrent le glaive et avec adresse, comme s'ils avaient émondé un arbre, ils taillèrent les ailes d'Ovide. Celles-ci tombèrent à terre comme des plumes molles et Ovide comprit que sa vie finissait à cet instant. Poussé par une force qu'il sentait être son destin, il fit demitour et, se balançant sur ses atroces pattes, il retourna sur la terrasse du palais. En dessous de lui, une foule devenue féroce réclamait sa dépouille, une foule avide qui l'attendait les mains pleines de fureur.

Alors Ovide, en sautillant, descendit les escaliers du palais.

Rêve de Lucius Apulée, écrivain et mage

Par une nuit d'octobre en 165 après Jésus-Christ, dans la ville de Carthage, Lucius Apulée, écrivain et mage, fit un rêve. Il rêva qu'il se trouvait dans une petite ville de la Numidie, c'était un soir de torride été africain, il se promenait près de la porte principale de la ville quand il fut attiré par des rires et des cris. Il traversa la porte et vit, non loin des remparts d'argile rouge, un groupe de saltimbanques qui donnaient un spectacle. Un acrobate à moitié nu, au corps passé au blanc de céruse, se démenait, en équilibre sur une corde, feignant d'être sur le point de tomber. La foule était partagée entre le rire et la peur, les chiens aboyaient. Puis l'acrobate perdit l'équilibre, mais s'accrocha par la main à la corde en restant suspendu. La foule poussa un cri d'épouvante, pour ensuite applaudir, contente. Les saltimbanques tournèrent un treuil qui tendait la corde et l'acrobate se laissa glisser à terre en faisant mille grimaces. Un fifre avança dans le cercle de terre battue illuminé par les lueurs des feux et commença de jouer une musique à l'orientale. C'est alors que d'une roulotte sortit une femme aux seins abondants, couverte de voiles, qui tenait un fouet à la main. Elle avança en fouettant l'air et enroula la cravache autour de son corps. C'était une femme à la chevelure noire, aux cernes creusés, et le fard du visage, à cause de la transpiration, lui coulait sur les joues.

Apulée aurait voulu s'en aller, mais une force mystérieuse l'obligeait à rester, à garder les yeux fixés sur cette femme. Les tambours commencèrent de jouer, d'abord lentement puis avec frénésie. À cet instant, quatre majestueux chevaux blancs et un pauvre âne fatigué sortirent de sous la grande tente où les bêtes étaient gardées. La danseuse fit claquer le fouet, et les chevaux se cabrèrent avant de se lancer dans un rapide carrousel. L'âne, lui, alla se coucher dans un coin, près des cages des singes, et, de la queue, il se mit à lentement écraser les mouches sur son dos. La danseuse fit de nouveau claquer le fouet et les chevaux s'arrêtèrent puis s'agenouillèrent en poussant de longs hennissements. Alors la femme, avec une agilité insoupçonnée vu sa corpulence, fit un bond et, posant un pied sur un cheval, un pied sur l'autre, elle commença de chevaucher les deux bêtes en se tenant bien droite, les jambes écartées au-dessus de leurs croupes. Et tout en chevauchant, elle agitait le manche du fouet devant son ventre, de façon obscène, tandis que la foule murmurait de plaisir. Alors les tambours s'arrêtèrent de jouer et l'âne fatigué, comme s'il obéissait à un ordre invisible, se renversa sur le dos, les pattes en l'air, et il exhiba au public son phallus en érection. La femme, faisant un tour de piste, criait que seuls pouvaient assister à la suite du spectacle ceux qui auraient payé en monnaie sonnante, et deux saltimbanques habillés en gardes, munis d'un fouet, chassèrent les enfants et les mendiants.

Apulée se retrouva, isolé, parmi le peu de gens qui n'étaient pas partis. Il tira deux pièces d'argent de sa bourse, paya, puis se mit à regarder le spectacle. La femme agrippa le phallus de l'âne et, le frottant avec luxure contre son ventre, elle entama une danse langoureuse, écartant les voiles pour montrer ses grâces. Apulée s'approcha et leva une main, et l'âne ouvrit alors la bouche, mais au lieu de braire il émit des paroles humaines.

Je suis Lucius, dit-il, tu ne me reconnais pas ?

Quel Lucius ?, demanda Apulée.

Ton Lucius, dit l'âne, celui de tes aventures, ton ami Lucius.

Apulée regarda autour de lui, convaincu que la voix venait des environs, mais la porte des remparts était déjà fermée, les sentinelles dormaient et derrière lui respirait, silencieuse, la profonde nuit africaine.

Cette sorcière m'a jeté un mauvais sort, dit l'âne, elle m'a emprisonné dans cette apparence, et tu es le seul à pouvoir me libérer, toi qui es écrivain et mage.

Apulée bondit vers le feu et attrapa un tison ardent, il traça des signes dans l'air, prononça les paroles qu'il savait devoir prononcer. La femme cria, une grimace de dégoût se dessina sur sa bouche et son visage commença de se flétrir en lui donnant l'apparence d'une vieillarde. Alors, comme par enchantement, la femme s'évapora dans l'air, et avec elle disparurent les saltimbanques, l'enceinte des remparts, la nuit africaine. Soudain il fit jour : c'était une splendide journée lumineuse, à Rome, Apulée se promenait le long du forum avec son ami Lucius à ses côtés. Ils bavardaient en cheminant, et regardaient les plus belles des esclaves qui allaient et venaient à travers le marché. À un certain moment, Apulée s'arrêta et, tenant Lucius par la tunique, il le regarda dans les yeux et lui dit : cette nuit, j'ai fait un rêve.

Rêve de Cecco Angiolieri, poète et blasphémateur

Une nuit de janvier 1309, alors qu'il gisait sur une paillasse du lazaret de Sienne, enveloppé de bandages nauséabonds, Cecco Angiolieri, poète et blasphémateur, fit un rêve. Il rêva que, par une torride journée d'été, il passait devant la cathédrale. Sachant que ce lieu était frais, il eut l'idée d'y entrer pour fuir la canicule, mais au lieu de faire une génuflexion et de tremper le doigt dans l'eau bénite, il croisa les doigts en signe de conjuration, parce qu'il craignait que ce lieu lui portât malheur.

Dans la première chapelle à droite se trouvait un peintre en train de peindre une Madone. Le peintre était un jeune homme blond, il était assis sur une chaise, une palette entre les bras, dans une attitude de repos. Le tableau sacré était presque fini : il s'agissait d'une Vierge aux yeux obliques et au sourire imperceptible, qui tenait l'enfant Jésus sur ses genoux, dans les plis des vêtements. Le peintre le salua avec amabilité, et Cecco Angiolieri répondit par un éclat de rire. Puis il se mit à observer le tableau, et il éprouva un grand malaise. L'expression de cette femme altière l'indisposait, elle regardait le monde avec superbe, comme si elle avait eu un grand mépris des choses terrestres. Ce fut plus fort que lui : il s'approcha du tableau et, tendant le bras droit en avant, il lui fit un geste obscène. Le jeune peintre bondit de sa chaise et tenta de l'arrêter, mais Cecco Angiolieri, comme possédé, se débattit et fit un autre geste obscène du bras gauche. Alors la Vierge bougea les yeux comme si cela avait été des yeux humains et le foudroya du regard. Cecco Angiolieri ressentit un étrange frisson à travers tout le corps, il commença de se rétracter et de rapetisser, vit que ses membres se couvraient de poils noirs, et se rendit compte qu'une longue queue lui poussait entre les jambes, il chercha à hurler, mais au lieu d'un hurlement, c'est un épouvantable miaulement qui lui sortit de la bouche, et, petit et furibond aux pieds du peintre, il prit conscience qu'il était devenu un chat. Il fit un bond en avant et un en arrière, comme rendu fou par la monstrueuse prison de ce nouveau corps, puis il grinça des dents, furieux, et sortit de l'église en miaulant sauvagement. Entretemps, le soir était tombé sur la place. Cecco

Angiolieri rasa d'abord les murs, puis il regarda autour de lui pour voir si quelqu'un lui prêtait attention. Mais la place était presque déserte. À l'angle, près d'une taverne, un groupe de jeunes gens à l'air de fripouilles avaient emporté des pichets à l'extérieur et buvaient. Cecco Angiolieri eut l'idée de passer devant la taverne, parce qu'il avait faim, et qu'il allait peut-être trouver quelque croûte de fromage. Il longea le mur de la taverne, passa devant la porte qui était illuminée par deux torches accrochées au chambranle. À cet instant, un des jeunes vauriens l'appela, en faisant le typique bruit de lèvres réservé aux chats, et lui montra une couenne de jambon. Cecco Angiolieri se précipita à ses pieds et prit la couenne dans la bouche, c'est alors que les jeunes vauriens l'attrapèrent en le serrant fortement et le portèrent à l'intérieur de la taverne. Cecco Angiolieri tenta de mordre et de griffer, mais les voyous le tenaient bien solidement : l'un d'eux lui tenait la bouche fermée, les autres lui immobilisaient les pattes, de sorte qu'il ne put rien faire. Quand ils furent dans la taverne, les jeunes vauriens prirent le récipient de poix qui servait pour les torches et lui enduisirent minutieusement le poil d'onguent. Puis, au moyen d'une torche, ils l'enflammèrent et le rendirent à la liberté. Cecco Angiolieri, transformé en une boule de feu, jaillit hors de la taverne en miaulant terriblement, il se lança contre les murs des maisons, puis se roula par terre, mais le feu ne s'éteignait pas. Il se mit à parcourir les petites ruelles obscures de Sienne comme un éclair, les illuminant sur son passage. Il ne savait pas où aller, se laissait emporter par son instinct. Il tourna à deux reprises, parcourut trois rues, traversa une place, monta des escaliers, arriva devant un palais. Là vivait son père. Cecco Angiolieri monta le grand escalier, passa devant les domestiques épouvantés, entra dans la salle à manger où son père était en train de dîner et hurla : mon père, je suis devenu un feu, je vous en prie, sauvez-moi ! Et à ce moment précis Cecco Angiolieri se réveilla. Les docteurs lui enlevaient les bandages et son corps, recouvert par les terribles plaies du feu de Saint-Antoine, le brûlait comme une flamme.

Rêve de François Villon, poète et malfaiteur

À l'aube de Noël 1451, alors qu'il était plongé dans le dernier sommeil, François Villon, poète et malfaiteur, fit un rêve. Il rêva que c'était une nuit de pleine lune et qu'il traversait une lande désolée. Il s'arrêta pour manger un morceau de pain qu'il tira de sa besace et s'assit sur une pierre. Il regarda le ciel et ressentit une grande peine. Puis il poursuivit son chemin et arriva à une auberge. La maison était sombre et silencieuse, peut-être les gens étaient-ils en train de dormir. François Villon frappa avec insistance à la porte, et la femme de l'aubergiste vint lui ouvrir.

Que cherches-tu à cette heure, vagabond ?, dit la femme de l'aubergiste en éclairant de sa lanterne le visage de Villon.

Je cherche mon frère, répondit François Villon, la dernière fois qu'on l'a vu c'était dans les parages, et je veux le retrouver.

Il entra dans l'auberge sombre, éclairée seulement par un faible feu, et il s'assit à une table.

Je veux du mouton et du vin, commanda-t-il, et il attendit. La femme de l'aubergiste lui amena un bol de soupe aux choux et un broc de cidre. C'est tout ce que nous avons aujourd'hui, dit-elle, et console-toi, vagabond, parce que les gardes écument la région et ils ont fini toute notre nourriture.

Tandis que Villon mangeait, un vieil homme entra, le visage couvert de haillons. C'était un lépreux, et il s'appuyait sur un bâton. Villon le regarda sans rien dire. Le lépreux s'assit dans l'autre partie de la pièce, près du feu, et dit : on m'a appris que tu cherchais ton frère.

La main de Villon se porta lestement vers le poignard, mais le lépreux l'arrêta d'un geste. Je ne suis pas du côté des gardes, dit-il, je suis du côté des malfaiteurs et je puis te conduire jusqu'à ton frère. Il s'approcha de la porte en s'appuyant sur son bâton et Villon le suivit. Ils sortirent dans le froid hivernal. C'était une nuit claire et la neige sur les champs était glacée. Autour d'eux s'étalait une lande aride, bordée par le noir profil de collines recouvertes de forêts. Le lépreux emprunta un sentier et, péniblement, se dirigea vers les collines. Villon le suivait, tout en gardant, par sécurité, la main sur son poignard.

Quand la route commença de monter, le lépreux s'arrêta et s'assit sur une pierre. Il tira un ocarina de sa besace et se mit à jouer un air nostalgique. De temps en temps, il s'interrompait et chantait quelques strophes d'une ballade de brigand qui parlait de viols et de malfaiteurs, de cambriolages et de gendarmes. Villon l'écoutait et tremblait, car il savait que cette ballade le concernait. Il éprouva alors une sorte de peur qui lui tenaillait les viscères. Mais de quoi avait-il peur ? Il l'ignorait, parce que lui ne craignait pas les gendarmes, pas plus qu'il ne craignait l'obscurité et le lépreux. Il sentit que cette peur était une sorte de remords, une subtile douleur.

Puis le lépreux se leva et Villon le suivit en direction de la forêt. Quand ils arrivèrent au premier arbre, Villon observa qu'un pendu était accroché aux branches. Il avait la langue tirée, et la lune jetait une lumière livide sur son cadavre. C'était un inconnu, Villon poursuivit son chemin. Sur l'arbre voisin aussi, il y avait un pendu accroché aux branches, mais c'était également un inconnu. Villon regarda autour de lui et vit que la forêt était pleine de cadavres qui pendaient aux arbres. Il les regarda un à un, avec sérénité, se déplaçant entre les pieds que la brise faisait se balancer, jusqu'à ce qu'il trouvât son frère. Il le détacha en coupant la corde avec le poignard et il l'étendit sur l'herbe. Le cadavre était raide, à cause de la mort et du gel. Villon le baisa sur le front. Et à cet instant, le cadavre de son frère parla. La vie ici est pleine de papillons blancs qui t'attendent, mon frère, dit le cadavre, et ils sont tous des larves.

Villon leva la tête, perdu. Son compagnon avait disparu, et de la forêt, comme un grand chœur funèbre chanté en sourdine, s'élevait la ballade que chantait le lépreux.

Rêve de François Rabelais, écrivain et moine défroqué

Une nuit de février 1532, à l'hôpital de Lyon, alors qu'il dormait dans son austère chambrette de médecin, après sept jours de jeûne en observance des règles de la vie conventuelle qu'il continuait de suivre bien qu'il eût quitté les ordres, François Rabelais, écrivain et moine défroqué, fit un rêve. Il rêva qu'il se trouvait sous la tonnelle d'une auberge dans le Périgord, et que c'était le mois de septembre. Il y avait une longue table étroite, déjà dressée, avec une nappe d'une blancheur éclatante, pleine de carafes de vin, et il était assis à un des bouts de la table. Le côté opposé était apprêté pour une autre personne, mais il ne savait pas de qui il s'agissait, il savait seulement qu'il devait attendre. Tandis qu'il attendait, l'aubergiste lui apporta un plat d'olives marinées et un pichet de cidre frais, et il commença de grignoter, sirotant ce délicieux cidre à la belle couleur d'ambre. À un certain moment, il entendit un claquement de sabots et vit un nuage de poussière qui s'approchait sur la route principale. C'était un carrosse d'aspect royal, avec un cocher vêtu de rouge et deux laquais debout sur les marchepieds. Le carrosse s'arrêta dans le pré de l'auberge, les laquais sonnèrent deux coups de trompette puis descendirent en toute hâte pour tendre un tapis rouge devant la portière du carrosse. Ils se mirent au garde-à-vous et crièrent : sa majesté le seigneur Pantagruel, roi de la nourriture et du vin ! François Rabelais se leva, car il avait compris que son commensal était arrivé, lequel s'avançait majestueusement sur le tapis rouge que les laquais déroulaient à ses pieds. C'était un homme de taille gigantesque, il marchait en se tenant la panse avec les mains, une bedaine grosse comme une outre, qui ballottait de droite et de gauche. Une épaisse barbe noire lui encadrait le visage, et il portait sur la tête un grand chapeau à larges bords. Sa majesté le seigneur Pantagruel plissa la bouche en un cordial sourire, retroussa les manches de son royal vêtement et s'assit à l'autre bout de la table. L'aubergiste arriva, suivi d'une soupière fumante transportée par deux valets, et il commença de servir. Soupe d'orge, de blé et de haricots, annonça-t-il tout en servant, une petite chose légère pour mettre l'estomac en route. Sa majesté le seigneur Pantagruel noua une serviette grande comme un drap autour de son cou et fit signe à François Rabelais qu'on pouvait attaquer. C'était une soupe de grains dans laquelle nageaient des feuilles de laurier et des pointes d'ail, une petite chose vraiment très délicate. François Rabelais en mangea une pleine assiettée avec délectation, tandis que sa majesté le seigneur Pantagruel, après avoir poliment demandé la permission, approcha de lui la soupière et commença d'y boire directement la soupe. Pendant ce temps, les valets arrivaient avec d'autres mets, et l'aubergiste, très prévenant, remplissait les plats. Il s'agissait cette fois d'oies farcies. Il en revint deux à François Rabelais, et dix-neuf à sa majesté le seigneur Pantagruel. Aubergiste, dit le majestueux convive, tu dois m'enseigner comment on prépare ces oies, que je puisse le dire à mon cuisinier. L'aubergiste lissa ses imposantes moustaches, il s'éclaircit la voix et dit : avant tout, on prend une bonne choucroute et on la met à bouillir pendant quatre ou cinq minutes. On fait ensuite fondre le gras des oies qu'on verse dans la choucroute avec du lard, des baies de genièvre, des clous de girofle, du sel et du poivre, des oignons hachés, et l'on fait cuire le tout pendant trois heures. Puis on ajoute du jambon, le foie émincé des oies, et on lie la bouillie avec de la mie de pain. On farcit les oies avec cette préparation, après quoi on les met au four une quarantaine de minutes. Il faut se souvenir, à mi-cuisson, de recueillir la graisse qui grésille pour la verser sur la farce, et le plat est prêt. À l'écoute de cette description, l'appétit de François Rabelais s'était réveillé, ainsi que celui de son commensal, du moins en apparence, puisqu'il se lécha longuement les moustaches avec sa langue géante, avant de demander enfin : et à présent, patron, qu'est-ce que tu nous proposes ? L'aubergiste battit des mains et les valets arrivèrent avec de nouveaux plateaux bien chauds. Chapons à l'eau-de-vie de prune et pintades au roquefort, dit l'aubergiste avec satisfaction, et il se mit à servir. François Rabelais commença, plein d'ardeur, à manger un chapon et une pintade, tandis que sa majesté le seigneur Pantagruel en dévorait une dizaine. Je ne sais pas pourquoi, dit sa majesté le seigneur Pantagruel, mais il me semble qu'une sauce de cervelle irait bien avec ces chapons, qu'en ditesvous, mon cher commensal ? François Rabelais approuva, et l'aubergiste, comme s'il n'avait attendu que cela, battit des mains. Les valets apportèrent deux plats remplis à ras bord de sauce de cervelle. Sa majesté le seigneur Pantagruel en étala un plat entier sur un pain long d'un mètre et, entre deux bouchées de chapon, il y mordit de telle façon qu'en deux minutes il l'eut fini. Quand ils eurent terminé, le patron de l'auberge demanda la permission d'enlever les assiettes sales et poursuivit : qu'est-ce que ces messieurs diraient d'un peu de sanglier chasseur, à moins qu'ils ne préfèrent des filets de lièvre farcis et frits ? Pour faire bonne mesure, François Rabelais proposa que les deux mets fussent apportés. Sa majesté le seigneur Pantagruel bâilla pour indiquer qu'il avait encore de l'appétit. Le patron de l'auberge battit des mains et les valets arrivèrent avec de nouveaux plats. Ah, réussit à marmonner François Rabelais tout en mangeant, quel suprême délice c'était que ce sanglier sauce chasseur ! Une sauce légèrement aigre-douce, avec des olives vertes et une pointe de piment qui mettait en évidence le fumet du gibier. Et ces filets de lièvre farcis et frits, répondit entre deux bouchées sa majesté le seigneur Pantagruel, ne fallait-il pas peut-être les qualifier de divins ?

L'aubergiste, heureux, les regardait manger. C'était en septembre, et le soleil dessinait des taches claires dans l'ombre de la tonnelle. Les yeux de sa majesté le seigneur Pantagruel étaient tout petits, et de temps en temps il fermait les paupières, comme s'il allait s'endormir. Puis il donna quelques coups sur son ventre avec la paume de la main, demanda poliment la permission, et lâcha un formidable rot, un grondement qui semblait être un tonnerre et qui résonna dans la campagne. Au grondement du tonnerre, Rabelais se réveilla, il comprit que c'était une nuit de tempête, alluma à tâtons la chandelle et attrapa sur la commode un morceau de pain sec qu'il s'accordait chaque nuit pour interrompre le jeûne.

Rêve de Michelangelo Merisi, dit le Caravage, peintre et homme irascible

La nuit du premier janvier 1599, alors qu'il se trouvait dans le lit d'une prostituée, Michelangelo Merisi, dit le Caravage, peintre et homme irascible, rêva que Dieu lui rendait visite. Dieu lui rendait visite par l'intermédiaire du Christ, et pointait le doigt sur lui. Michelangelo était dans une taverne, il jouait à l'argent. Ses compagnons étaient des crapules, certains étaient ivres. Et lui, il n'était pas Michelangelo Merisi, le célèbre peintre, mais un client quelconque, un malandrin. Lorsque Dieu le visita, il était en train de blasphémer le nom du Christ, et il riait. Toi, dit sans rien dire le doigt du Christ. Moi ?, demanda avec stupeur Michelangelo Merisi, mais moi je n'ai pas la vocation d'être un saint, je ne suis qu'un pécheur, je ne peux pas être choisi.

Cependant le visage du Christ demeurait inflexible, il n'y avait pas moyen d'y échapper.

Et sa main tendue ne laissait planer aucun doute.

Michelangelo Merisi baissa la tête et regarda l'argent sur la table. J'ai violé, dit-il, j'ai tué, je suis un homme qui a du sang sur les mains.

Le garçon du bistrot apporta un plat de haricots et du vin. Michelangelo Merisi se mit à manger et à boire. Autour de lui, personne ne bougeait, lui seul remuait mains et bouche comme un fantôme. Le Christ aussi était immobile, et tendait sa main figée le doigt pointé. Michelangelo Merisi se leva et le suivit. Ils arrivèrent dans une ruelle louche, et Michelangelo Merisi se mit à uriner dans un coin tout le vin qu'il avait bu ce soir-là.

Dieu, pourquoi me cherches-tu ?, demanda Michelangelo Merisi au Christ. Le fils de l'homme le regarda sans répondre. Ils se promenèrent le long de la ruelle et débouchèrent sur une place. La place était déserte.

Je suis triste, dit Michelangelo Merisi. Le Christ le regarda et ne répondit pas. Il s'assit sur un banc de pierre et enleva ses sandales. Il se massa les pieds et dit : je suis fatigué, je suis venu à pied depuis la Palestine pour te chercher.

Michelangelo Merisi était en train de vomir, appuyé à l'angle d'un mur. Mais moi, je suis un pécheur, cria-t-il, tu ne dois pas me chercher.

Le Christ s'approcha et lui toucha un bras.

C'est moi qui t'ai fait peintre, dit-il, et de toi je veux une peinture, après quoi tu pourras suivre la route de ton destin.

Michelangelo Merisi se nettoya la bouche et demanda : quelle peinture ?

La visite que je t'ai faite ce soir dans la taverne, sauf que toi tu seras Matthieu.

D'accord, dit Michelangelo Merisi, je ferai cela. Et il se retourna dans le lit. À cet instant la prostituée l'embrassa, tout en ronflant.

Rêve de Francisco Goya y Lucientes, peintre et visionnaire

La nuit du premier mai 1820, alors que sa folie intermittente le visitait, Francisco Goya y Lucientes, peintre et visionnaire, fit un rêve.

Il rêva qu'il se trouvait sous un arbre avec l'amante de sa jeunesse. C'était dans l'austère campagne de l'Aragon, et le soleil était haut. Son amante était assise sur une escarpolette, et lui la poussait dans le dos. Elle avait une ombrelle en dentelle, et elle riait d'un rire bref et nerveux. Puis elle tomba sur le pré, et il la suivit en dégringolant la pente. Tous deux roulèrent à flanc de coteau, jusqu'à ce qu'ils arrivassent à un mur jaune. Ils s'appuyèrent contre le mur et virent des soldats, éclairés par une lanterne, en train de fusiller des hommes. La lanterne était incongrue, dans ce paysage ensoleillé, mais elle donnait un éclairage bleuâtre à la scène. Les soldats tirèrent et les hommes tombèrent au sol, recouvrant les flaques formées par leur sang. Francisco Goya y Lucientes sortit alors le pinceau de peintre qu'il portait à la ceinture et il s'avança en le brandissant de façon menaçante. Les soldats, comme par enchantement, disparurent, épouvantés par cette apparition. Et à leur place apparut un horrible géant qui était en train de dévorer une jambe humaine. Il avait les cheveux sales et le visage livide, deux filets de sang lui coulaient aux commissures des lèvres, ses yeux étaient voilés, et pourtant il riait.

Qui es-tu ?, lui demanda Francisco Goya y Lucientes.

Le géant se nettoya la bouche et dit : je suis le monstre qui domine l'humanité, l'Histoire est ma mère.

Francisco Goya y Lucientes fit un pas en avant et brandit son pinceau. Le géant disparut et à sa place apparut une vieillarde. C'était une mégère édentée, à la peau de parchemin et aux yeux jaunes.

Qui es-tu ?, lui demanda Francisco Goya y Lucientes.

Je suis la désillusion, dit la vieillarde, et je domine le monde, car chaque rêve humain est un rêve de courte durée.

Francisco Goya y Lucientes fit un pas en avant et brandit son pinceau. La vieillarde disparut et à sa place apparut un chien. C'était un petit chien enseveli dans le sable, et dont seule la tête dépassait.

Qui es-tu ?, lui demanda Francisco Goya y Lucientes.

Le chien tira du mieux qu'il put son cou en dehors et dit : je suis la bête du désespoir et je me moque de tes chagrins.

Francisco Goya y Lucientes fit un pas en avant et brandit son pinceau. Le chien disparut et à sa place apparut un homme. C'était un vieillard obèse, au visage flasque et malheureux.

Qui es-tu ?, lui demanda Francisco Goya y Lucientes.

L'homme eut un sourire fatigué et dit : je suis Francisco Goya y Lucientes, tu ne pourras rien contre moi.

À cet instant Francisco Goya y Lucientes se réveilla et se retrouva seul dans son lit.

Rêve de Samuel Taylor Coleridge, poète et opiomane

Une nuit de novembre 1801, dans sa maison de Londres, en proie au délire de l'opium, Samuel Taylor Coleridge, poète et opiomane, fit un rêve. Il rêva qu'il se trouvait sur un vaisseau emprisonné dans les glaces. Lui était le capitaine, et ses hommes, couchés sur le pont, cherchaient misérablement à se protéger du froid en se couvrant de guenilles et de couvertures déchirées. Ils avaient des visages émaciés, de profonds cernes et la maladie dans les yeux. Un puissant albatros, qui s'était posé sur une hampe du navire, tenait ses ailes déployées et projetait une ombre menaçante sur le pont. Samuel Taylor Coleridge appela l'officier en second et lui ordonna de lui apporter un fusil, mais l'officier répondit qu'il n'y avait plus de poudre et lui tendit une arbalète. Samuel Taylor Coleridge attrapa l'arbalète et visa. Il pensait qu'en tuant l'albatros, il allait pouvoir donner à manger à ses marins, leur évitant ainsi le scorbut et la mort. Il visa et décocha la flèche. L'albatros, le cou transpercé par la flèche, tomba sur le pont et son sang éclaboussa la glace alentour. C'est alors que de ce sang sur la glace naquit un serpent marin qui leva promptement la tête et s'appuya contre la muraille tout en sifflant avec sa langue fourchue. Samuel Taylor Coleridge attrapa le sabre de capitaine qu'il portait à son flanc, et lui coupa aussitôt la tête. De cette tête tranchée naquit alors une femme, maigre, vêtue de noir, le visage pâle, avec des yeux de possédée. La femme avait dans les mains des dés pour jouer, elle s'assit sur le gaillard d'arrière et appela le capitaine. À présent nous devons jouer aux dés, dit-elle, si tu gagnes ton vaisseau sera libéré, si je gagne j'emporterai tes marins avec moi. L'officier en second se précipita auprès de Samuel Taylor Coleridge et, le retenant par un bras, il le pria de ne pas écouter cette femme funeste, car cela allait tous les conduire à la ruine, mais lui s'avança hardiment vers la femme et, faisant une révérence, il se déclara prêt à jouer. La femme lui tendit le gobelet avec les dés, Samuel Taylor Coleridge l'attrapa et le serra contre sa poitrine. Puis il le secoua furieusement avant de jeter les dés sur le plancher. Les marins lancèrent un bravo : onze points, c'était le score réalisé par leur capitaine. La femme funeste s'arracha les cheveux et pleura, puis elle rit malignement, avant de recommencer à pleurer en se lamentant tel un chien qui glapit. Elle prit enfin les dés et d'un geste ample, comme si son bras avait voulu balayer le pont, elle les lança. Les dés roulèrent sur le plancher et s'arrêtèrent en montrant six points d'un côté et six points de l'autre. À cet instant un vent glacial se leva, qui les assaillit tous de rafales gelées. Sous l'effet du vent, les marins, la femme funeste et le vaisseau disparurent, une couche de fumée grise s'étendit sur tout cela, et Samuel Taylor Coleridge ouvrit les yeux pour voir l'aube brumeuse qui se montrait à sa fenêtre.

Rêve de Giacomo Leopardi, poète et lunatique

Une nuit des premiers jours de décembre 1827, dans la belle ville de Pise, via della Faggiola, dormant entre deux matelas pour se protéger du terrible froid qui étreignait la ville, Giacomo Leopardi, poète et lunatique, fit un rêve. Il rêva qu'il se trouvait dans un désert, et qu'il était berger. Mais, au lieu d'avoir un troupeau qui le suivait, il était commodément assis dans une calèche traînée par quatre brebis d'une éclatante blancheur, et ces quatre brebis étaient son troupeau.

Le désert, et les collines qui le bordaient, étaient d'un très fin sable d'argent qui brillait comme la lumière des lucioles. C'était la nuit mais il ne faisait pas froid, au contraire, cela semblait une belle nuit d'arrière-printemps, de sorte que Leopardi enleva la cape dont il était couvert et la posa sur l'accoudoir de la calèche.

Où m'emmenez-vous, mes chères petites brebis ?, demanda-t-il.

Nous t'emmenons en promenade, répondirent les quatre brebis, nous sommes des petites brebis vagabondes.

Mais quel est ce lieu ?, demanda Leopardi, où nous trouvons-nous ?

Tu le découvriras bientôt, répondirent les brebis, quand tu auras rencontré la personne qui t'attend.

Qui est cette personne ?, demanda Leopardi, j'aimerais bien le savoir.

Hé, hé, rirent les brebis en échangeant des regards, nous ne pouvons pas te le dire, cela doit être une surprise.

Leopardi avait faim, il aurait eu envie de manger un gâteau ; une belle tarte aux pignons, voilà précisément ce dont il avait envie.

J'aimerais un gâteau, dit-il, n'y a-t-il pas un endroit dans ce désert où l'on puisse acheter un gâteau ?

Tout de suite après cette colline, répondirent les brebis, aie un peu de patience.

Ils arrivèrent au bout du désert et contournèrent la colline, au pied de laquelle se trouvait une boutique. C'était une belle pâtisserie tout en cristal, qui étincelait d'une lumière d'argent. Leopardi regarda la vitrine, indécis quant à son choix. Au premier rang, il y avait les tartes, de toutes les couleurs et de toutes les dimensions : tartes vertes à la pistache, tartes vermeilles à la framboise, tartes jaunes au citron, tartes roses à la fraise. Puis il y avait les massepains, aux formes drôles et appétissantes : modelés en pomme et en orange, modelés en cerise, ou en forme d'animaux. Enfin venaient les sabayons, crémeux et denses, avec une amande par-dessus. Leopardi appela le pâtissier et acheta trois gâteaux : une tourte aux fraises, un massepain et un sabayon. Le pâtissier, un petit homme tout en argent, avec des cheveux d'une blancheur éclatante et des yeux bleus, lui donna les gâteaux et comme cadeau une boîte de chocolats. Leopardi remonta dans la calèche, et tandis que les brebis se mettaient de nouveau en chemin, il commença de déguster les choses exquises qu'il avait achetées. La route avait pris de la pente, à présent elle grimpait sur la colline. Et, comme c'était étrange, ce terrain-là aussi brillait, il était translucide et envoyait une lueur d'argent. Les brebis s'arrêtèrent devant une petite maison qui étincelait dans la nuit. Leopardi, comprenant qu'il était arrivé, descendit à terre, prit la boîte de chocolats et entra dans la maison. À l'intérieur, une jeune fille assise sur une chaise brodait au tambour.

Avance, je t'attendais, dit la jeune fille. Elle

se tourna, lui sourit, et Leopardi la reconnut. C'était Silvia. Sauf qu'à présent elle était tout en argent, elle avait les mêmes apparences qu'autrefois, mais elle était en argent.

Silvia, chère Silvia, dit Leopardi en lui prenant les mains, comme il est doux de te revoir, mais pourquoi es-tu tout en argent ?

Parce que je suis une sélénite, répondit Silvia, quand on meurt on arrive sur la lune et on devient ainsi.

Mais pourquoi suis-je ici moi aussi, demanda Leopardi, je suis peut-être mort ?

Celui qui est là n'est pas toi, dit Silvia, c'est seulement ton image, toi tu es encore sur la terre.

Et depuis ici on peut voir la terre ?, demanda Leopardi.

Silvia le conduisit à une fenêtre où se trouvait une lunette. Leopardi approcha l'œil de la lentille et vit aussitôt un palais. Il le reconnut : c'était son palais. Une fenêtre était encore éclairée, Leopardi regarda à l'intérieur et vit son père, en chemise de nuit, le pot de chambre à la main, qui s'en allait au lit. Il eut un coup au cœur et déplaça la lunette. Il vit une tour penchée sur un grand pré et, tout près, une rue tortueuse avec un immeuble où il y avait une faible lumière. Il s'efforça de regarder à l'intérieur de la fenêtre et vit une chambre modeste, avec une commode et une table sur laquelle était posé un cahier à côté duquel se consumait un bout de chandelle. Dans le lit, il se vit lui-même, qui dormait entre deux matelas.

Suis-je mort ?, demanda-t-il à Silvia.

Non, dit Silvia, tu es seulement en train de dormir, et tu rêves à la lune.

Rêve de Carlo Collodi, écrivain et censeur de théâtre

La nuit du vingt-cinq décembre 1882, dans sa maison de Florence, Carlo Collodi, écrivain et censeur de théâtre, fit un rêve. Il rêva qu'il se trouvait sur une petite barque de papier au milieu de la mer et qu'il y avait une tempête. Mais la petite barque de papier résistait, c'était une petite barque têtue, avec deux yeux humains, et aux couleurs de l'Italie que Collodi aimait tant. Une voix lointaine, depuis le surplomb de la côte, criait : Carlino, Carlino, reviens sur la rive ! C'était la voix de l'épouse qu'il n'avait jamais eue, une douce voix féminine qui l'appelait d'un pleur de sirène.

Ah ! comme il aurait voulu s'en retourner ! Mais il n'y arrivait pas, les flots étaient trop forts et la petite barque naviguait au gré de la mer.

Puis, tout à coup, il vit le monstre. C'était un énorme requin à la gueule ouverte qui le guettait, qui l'étudiait, qui l'attendait.

Collodi essaya de manœuvrer le gouvernail, mais le gouvernail aussi était en papier et il était trempé, on ne pouvait désormais plus s'en servir. C'est ainsi qu'il se résigna à filer droit vers la gueule du monstre et, par peur, il se boucha les yeux avec les mains, se leva et cria : *Viva l'Italia !*

Qu'est-ce qu'il faisait sombre, dans le ventre du monstre ! Collodi commença de marcher à l'aveuglette, il trébucha sur une chose dont il ignorait la nature et, en palpant, il comprit que c'était un crâne. Puis il buta contre des tables, et il comprit qu'une autre barque avait fait naufrage avant lui dans la gueule du monstre. Maintenant il se déplaçait avec plus de désinvolture, grâce à la faible lueur qui provenait de la bouche ouverte du requin. Avançant à tâtons, il se heurta le genou contre une caisse en bois. Il se plia pour la toucher des mains, et il se rendit compte qu'elle était pleine de bougies. Par chance, il avait encore son briquet, avec lequel il fit aussitôt des étincelles. Il alluma deux bougies et, les ayant prises à la main, il se mit à regarder autour de lui. Il se trouvait sur le pont d'un navire qui avait fait naufrage dans le ventre du monstre, le gaillard d'arrière était plein de squelettes et un drapeau noir à tête de mort avec deux tibias croisés flottait au grand mât. Collodi poursuivit son exploration et descendit un petit escalier. Il trouva tout de suite la cambuse, qui était remplie de rhum. C'est avec une grande satisfaction qu'il ouvrit une bouteille et but à la régalade. À présent, il se sentait mieux. Suffisamment rassuré, il se leva et, se guidant à la lueur des chandelles, il sortit du vaisseau. Le ventre du monstre était glissant, plein de petits poissons morts et de crabes. Collodi avança en pataugeant dans l'eau basse. Il vit une petite lumière au loin, une timide clarté qui lui semblait être une invitation. Il s'y dirigea. Des squelettes, des vaisseaux naufragés, des barques défoncées et d'énormes poissons morts passaient près de lui. La clarté se faisait plus proche, et Collodi aperçut une table. Deux personnes étaient assises autour de la table, une femme et un enfant. Avançant timidement, Collodi vit que la femme avait les cheveux turquoise et l'enfant un chapeau en mie de pain. Il courut vers eux, et les embrassa. Et eux aussi l'embrassèrent, et ils rirent, et ils se caressèrent mutuellement les joues, et ils se firent mille cajoleries. Et ils ne parlèrent point.

Tout à coup, la scène changea. À présent, ils ne se trouvaient plus dans le ventre du monstre, mais sous une tonnelle. Autour d'eux, c'était l'été. Ils étaient attablés, c'était une maison dans les collines de Pescia, les cigales stridulaient, tout était immobile dans la chaleur de midi, ils buvaient du vin blanc et mangeaient des melons. Assis un peu à l'écart, sous la tonnelle, un chat et un renard les regardaient avec des yeux bien doux. Et Collodi, d'un ton courtois, leur dit : je vous en prie, servez-vous !

Rêve de Robert Louis Stevenson, écrivain et voyageur

Une nuit de juin 1865, à l'âge de quinze ans, alors qu'il se trouvait dans une chambre de l'hôpital d'Édimbourg, Robert Louis Stevenson, futur écrivain et voyageur, fit un rêve. Il rêva qu'il était devenu un homme mûr et qu'il se trouvait sur un voilier. Le voilier avait les voiles gonflées de vent et voyageait dans l'air. Lui, il tenait le gouvernail et pilotait comme on pilote un ballon aérostatique. Le voilier passa au-dessus d'Édimbourg, puis traversa les montagnes de France, s'éloigna de l'Europe et commença à survoler un océan azur. Il savait qu'il avait pris ce vaisseau parce que ses poumons ne réussissaient pas à respirer, et qu'il avait besoin d'air. À présent il respirait vraiment bien, les vents lui remplissaient les poumons d'air propre, et sa toux s'était calmée.

Le voilier se posa sur l'eau et commença de filer rapidement. Robert Louis Stevenson avait déferlé toutes les voiles et il se laissait guider par le vent. À un certain moment il aperçut une île à l'horizon, et nombre de longs canoës, conduits par des hommes basanés, qui venaient à sa rencontre. Robert Louis Stevenson vit que les canoës se rangeaient à ses côtés et qu'ils lui indiquaient la route à suivre ; ainsi faisant, les indigènes chantaient des chants d'allégresse et lançaient des couronnes de fleurs blanches sur le pont du bateau.

Quand il arriva à une centaine de mètres de l'île, Robert Louis Stevenson jeta l'ancre et, au moyen d'une petite échelle de corde, il descendit jusqu'au canoë principal qui l'attendait sous la muraille. C'était un canoë majestueux, avec un gigantesque totem sur la proue. Les indigènes l'embrassèrent, puis le ventilèrent avec de larges feuilles de palmier, tandis qu'ils lui offraient des fruits très doux.

Des femmes et des enfants l'attendaient sur l'île, qui dansaient en riant, et qui lui passèrent des colliers de fleurs autour du cou. Le chef du village s'approcha de lui et lui indiqua le sommet de la montagne. Robert Louis Stevenson comprit qu'il devait s'y rendre, mais il ne savait pas pourquoi. Il pensa qu'avec sa mauvaise respiration il ne réussirait jamais à atteindre le sommet, et il essaya de l'expliquer aux indigènes par des gestes approximatifs. Mais ils avaient déjà compris, et lui avaient préparé une chaise à porteurs tressée de joncs et de feuilles de palmier. Robert Louis Stevenson s'y installa, quatre robustes indigènes hissèrent la chaise à porteurs sur leurs épaules et commencèrent de gravir la montagne. En montant, Robert Louis Stevenson découvrait un panorama inexplicable : il voyait l'Écosse et la France, l'Amérique et New York, et toute sa vie passée qui était encore à venir. Le long des flancs de la montagne, des arbres bénéfiques et des fleurs carnivores remplissaient l'air d'un parfum qui lui dégageait les poumons.

Les indigènes s'arrêtèrent en face d'une grotte et s'assirent par terre en croisant les jambes. Robert Louis Stevenson comprit qu'il devait entrer dans la grotte, ils lui tendirent une torche, et il entra. Il faisait frais, l'air avait une odeur de musc. Robert Louis Stevenson avança dans le ventre de la montagne jusqu'à une chambre naturelle que de lointains tremblements de terre avaient creusée à l'intérieur de la roche et dans laquelle il y avait d'énormes stalactites. Au milieu de la pièce se trouvait un coffre en argent. Robert Louis Stevenson l'ouvrit et vit qu'il y avait un livre dedans. C'était un livre qui parlait d'une île, de voyages, d'aventures, d'un enfant et de pirates; et son propre nom était écrit sur le livre. Alors il sortit de la grotte, donna l'ordre aux indigènes de rentrer au village, et il grimpa jusqu'au sommet avec le livre sous le bras. Puis il s'étendit sur l'herbe et il ouvrit le livre à la première page. Il savait qu'il allait rester là, sur ce sommet, à lire ce livre. Car l'air était pur, et l'histoire était comme l'air, elle ouvrait l'âme ; et c'était beau, là, tout en lisant, d'attendre la fin.

Rêve d'Arthur Rimbaud, poète et vagabond

La nuit du vingt-trois juin 1891, à l'hôpital de Marseille, Arthur Rimbaud, poète et vagabond, fit un rêve. Il rêva qu'il était en train de traverser les Ardennes. Il portait sa jambe amputée sous le bras et il s'appuyait à une béquille. La jambe amputée était emballée dans un papier journal sur lequel était imprimée une de ses poésies, en gros caractères.

Il était près de minuit, et c'était la pleine lune. Les prés étaient argentés, Arthur chantait. Il arriva aux abords d'une ferme, dont une fenêtre était éclairée. Il s'étendit sur le pré, sous un énorme amandier, et continua de chanter. Il chantait une chanson révolutionnaire et vagabonde qui parlait d'une femme et d'un fusil. Au bout d'un moment la porte s'ouvrit, une femme sortit et s'avança. C'était une jeune femme, elle avait les cheveux dénoués. Si tu veux un fusil comme le demande ta chanson, je peux te le donner, dit la femme, j'en ai un au grenier.

Rimbaud serra contre lui sa jambe amputée et il se mit à rire. Je vais rejoindre la Commune de Paris, dit-il, et j'ai besoin d'un fusil.

La femme le conduisit jusqu'au grenier. C'était une construction à deux étages. Au rez-de-chaussée, il y avait des brebis, et à l'étage, auquel on accédait par une échelle, il y avait le grenier. Je ne peux pas monter là-haut, dit Rimbaud, je vais t'attendre ici, parmi les brebis. Il se coucha sur la paille et enleva son pantalon. Quand la femme redescendit, elle le trouva prêt à faire l'amour. Si tu veux une femme comme le demande ta chanson, dit la femme, moi je peux te la donner. Rimbaud l'embrassa et lui demanda : comment s'appelle-t-elle, cette femme ? Elle s'appelle Aurelia, dit la femme, parce que c'est une femme de rêve. Et elle défit ses vêtements.

Ils s'aimèrent parmi les brebis, et Rimbaud tenait sa jambe amputée tout près de lui. Quand ils se furent aimés, la femme dit : reste. Je ne peux pas, répondit Rimbaud, je dois partir, viens dehors avec moi, pour voir surgir l'aube. Quand ils sortirent dans la cour, il faisait déjà clair. Toi, tu n'entends pas ces cris, dit Rimbaud, mais moi je les entends, ils viennent de Paris et ils m'appellent, c'est la liberté, c'est l'appel du lointain.

La femme était encore nue, sous l'amandier. Je te laisse ma jambe, dit Rimbaud, prends-en soin.

Et il se dirigea vers la route principale. Quelle merveille, à présent il ne boitait plus. Il marchait comme s'il avait eu deux jambes. La route résonnait sous ses sabots. L'aube était rouge à l'horizon. Et lui, il chantait, et il était heureux.

Rêve d'Anton Tchekhov, écrivain et médecin

Une nuit de 1890, alors qu'il se trouvait sur l'île de Sakhaline où il était allé rendre visite à des détenus, Anton Tchekhov, écrivain et médecin, fit un rêve. Il rêva qu'il était dans une salle commune d'hôpital et qu'on lui avait mis une camisole de force. Il avait à ses côtés deux vieillards décrépits qui récitaient leur folie. Lui était éveillé, lucide, sûr, et il aurait voulu écrire l'histoire d'un cheval. Un docteur arriva, vêtu de blanc, Tchekhov lui demanda du papier et une plume.

Vous, vous ne pouvez pas écrire, car vous avez trop de théorétique, dit le docteur, vous n'êtes qu'un pauvre moraliste, et ça, un fou ne peut pas se le permettre.

Comment vous appelez-vous ?, lui demanda Anton Tchekhov.

Je ne peux pas vous dire mon nom, répondit le docteur, mais sachez que je déteste les gens qui écrivent, en particulier ceux qui ont trop de théorétique. La théorétique est la ruine du monde.

Anton Tchekhov éprouva le désir de le gifler, mais entre-temps le docteur avait déjà sorti un rouge à lèvres et il était en train de refaire son maquillage. Puis il se mit une perruque et dit : je suis votre infirmière, mais vous ne pouvez pas écrire, parce que vous avez trop de théorétique, vous n'êtes qu'un moraliste, et vous êtes venu à Sakhaline en robe de chambre. Tout en disant cela, il lui libéra les bras.

Vous êtes un pauvre diable, dit Anton Tchekhov, et vous ne connaissez même pas les chevaux.

Pourquoi devrais-je connaître les chevaux ?, demanda le docteur, moi je ne connais que le directeur de mon hôpital.

Votre directeur est un âne, dit Anton Tchekhov, ce n'est pas un cheval, c'est une bête de somme, il a supporté tant de choses dans sa vie. Puis il ajouta : laissez-moi écrire.

Mais vous ne pouvez pas écrire, dit le docteur, puisque vous êtes fou.

Les deux vieillards qui étaient à côté de lui se retournèrent dans leur lit, et l'un d'eux se leva pour uriner dans le pot de chambre.

Peu importe, dit Anton Tchekhov, je vous offrirai un poignard, afin que vous puissiez vous le mettre entre les dents ; et avec ce poignard dans la bouche vous embrasserez le directeur de votre clinique et vous vous donnerez un baiser d'acier.

Puis il se tourna sur le côté et commença de penser à un cheval. Et à un cocher. Le cocher était malheureux, parce qu'il voulait raconter la mort de son propre fils à quelqu'un. Mais personne ne l'écoutait, les gens n'avaient pas le temps et le considéraient comme un casse-pieds. Alors le cocher racontait son histoire à son cheval, qui était une bête patiente. C'était un vieux cheval qui avait des yeux humains.

À cet instant, deux chevaux ailés arrivèrent au galop, montés par deux femmes que Tchekhov connaissait. C'étaient deux actrices, elles tenaient deux branches de cerisier en fleur dans la main. Le cocher attacha les deux chevaux à son landau, Anton Tchekhov s'installa sur le siège, et le carrosse décolla de la salle commune d'hôpital, traversa une des deux baies vitrées et se retrouva libre dans le ciel. Tandis qu'ils volaient parmi les nuages, ils voyaient le docteur avec sa perruque qui faisait des gestes de dépit et leur lançait des invectives. Les deux actrices laissèrent tomber deux pétales de fleur de cerisier et le cocher sourit en disant : j'aurais une histoire à raconter, c'est une histoire triste, mais je crois que, vous, vous pourrez me comprendre, cher Anton Tchekhov.

Anton Tchekhov s'appuya contre le dossier, il s'entoura le cou d'une écharpe et dit : j'ai tout le temps, je suis très patient et j'aime les histoires des gens.

Rêve d'Achille Claude Debussy, musicien et esthète

La nuit du vingt-neuf juin 1893, une limpide nuit d'été, Achille Claude Debussy, musicien et esthète, rêva qu'il se trouvait sur une plage. C'était une plage de la maremme toscane, bordée de maquis et de pins. Debussy arriva en pantalon de lin, coiffé d'un chapeau de paille, il entra dans la cabine que lui avait assignée Pinky, et il enleva son habit. Il aperçut Pinky sur la plage, mais au lieu de la saluer d'un geste, il se glissa dans l'ombre de la cabine. Pinky était une belle femme, propriétaire d'une villa, elle s'occupait des rares nageurs invités sur sa plage privée, et se promenait sur le bord de mer, couverte d'un voile bleu ciel qui pendait de son chapeau. Elle appartenait à la vieille noblesse et tutoyait tout le monde. Cela ne plaisait pas à Debussy, qui aimait être traité dans les formes.

Avant d'enfiler son costume, il fit quelques flexions de genoux, puis il se caressa longuement le sexe, qui était en semi-érection, parce que la vue de cette plage solitaire, avec le soleil et le bleu de la mer, lui procurait une certaine excitation. Il enfila un costume austère, de couleur bleue, avec deux petites étoiles blanches sur les épaules. À cet instant, il vit que Pinky et les deux chiens danois qui l'accompagnaient tout le temps avaient disparu, et qu'il n'y avait plus personne sur la plage. Debussy traversa la plage avec la bouteille de champagne qu'il avait emportée. Arrivé au bord de l'eau, il creusa un petit trou dans le sable et y enfila la bouteille pour qu'elle restât au frais, puis il entra dans la mer et nagea.

Il sentit tout de suite l'effet bénéfique de l'eau. Il aimait la mer plus que toute autre chose et aurait voulu lui dédier une musique. Le soleil était au zénith, la surface de l'eau étincelait. Debussy revint calmement, à amples brasses. Quand il arriva sur la plage, il déterra la bouteille de champagne et il en but environ la moitié. Il eut l'impression que le temps s'était arrêté, et il pensa que c'était cela que devait faire la musique : arrêter le temps.

Il s'avança vers la cabine et se déshabilla. Tandis qu'il se déshabillait, il entendit des bruits dans le maquis et il se mit à la fenêtre. Parmi les buissons, à quelques mètres devant lui, il vit un faune qui faisait la cour à deux nymphes. Une des nymphes caressait les épaules du faune, tandis que l'autre, pleine de langueur, esquissait des mouvements de danse.

Debussy éprouva un fort sentiment d'épuisement et commença de se caresser lentement. Puis il avança dans le maquis. Quand elles le virent arriver, les trois créatures lui sourirent et le faune commença de jouer du pipeau. C'était exactement la musique que Debussy aurait voulu composer, et il l'enregistra dans sa tête. Puis il s'assit sur les aiguilles de pin, le sexe en érection. Le faune prit alors une nymphe et s'accoupla avec elle. L'autre nymphe, d'un pas de danse agile, s'approcha de Debussy et lui caressa le ventre. C'était l'après-midi, et le temps était immobile.

Rêve d'Henri de Toulouse-Lautrec, peintre et homme malheureux

Une nuit de mars en 1890, dans un bordel de Paris, après avoir peint l'affiche pour une danseuse qu'il aimait d'un amour non partagé, Henri de Toulouse-Lautrec, peintre et homme malheureux, fit un rêve. Il rêva qu'il était dans la campagne de sa ville d'Albi, et que c'était l'été. Il se trouvait sous un cerisier lourd de cerises et aurait voulu en cueillir une ou deux, mais ses jambes courtes et difformes ne lui permettaient pas d'atteindre la première branche chargée de fruits. Il se dressa alors sur la pointe des pieds, et, comme si c'était la chose la plus naturelle du monde, ses jambes se mirent à s'allonger jusqu'à atteindre une longueur normale. Après qu'il eut cueilli les cerises, ses jambes se mirent de nouveau à raccourcir et Henri de Toulouse-Lautrec retrouva sa taille de nabot.

Oh !, s'exclama-t-il, je peux donc croître selon mon bon plaisir. Et il se sentit heureux. Il commença de traverser un champ de blé. Les épis le dépassaient et sa tête ouvrait un sillon parmi les moissons. Il avait l'impression d'être dans une étrange forêt où il devait avancer à l'aveuglette. Au bout du champ se trouvait un ruisseau. Henri de Toulouse-Lautrec s'y regarda comme dans un miroir et vit un nain très moche aux jambes difformes, vêtu d'un pantalon à carreaux, avec un chapeau sur la tête. Il se dressa alors sur la pointe des pieds et ses jambes s'allongèrent gentiment, il devint un homme normal et l'eau lui restitua l'image d'un beau jeune homme élégant. Henri de Toulouse-Lautrec se raccourcit de nouveau, il se déshabilla et il plongea dans le ruisseau pour se rafraîchir. Quand il eut pris son bain, il se sécha au soleil, puis il se rhabilla et se mit en chemin. Le soir tombait, et au fond de la plaine, il vit une couronne de lumières. Il s'y dirigea en trottinant sur ses petites jambes trop courtes et, quand il fut arrivé, il se rendit compte qu'il était à Paris. C'était le bâtiment du Moulin Rouge, avec les ailes illuminées du moulin qui tournaient sur le toit. Une importante foule se pressait à l'entrée et, près de la caisse, une grande affiche aux couleurs vives annonçait le spectacle de la soirée, un can can. L'affiche représentait une danseuse qui, tenant ses jupes soulevées, dansait sur l'avant-scène, juste devant les lampes à gaz. Henri de Toulouse-Lautrec se réjouit, car c'était lui qui avait peint cette affiche. Puis, évitant de se mêler à la foule, il entra par une porte secondaire. Il parcourut un petit corridor mal éclairé et arriva dans les coulisses. Le spectacle avait à peine commencé. La musique était assourdissante et Jane Avril, sur la scène, dansait comme une endiablée. Henri de Toulouse-Lautrec ressentit un féroce désir d'entrer sur scène lui aussi, et de prendre Jane Avril par la main pour danser avec elle. Il se dressa sur la pointe des pieds et ses jambes s'allongèrent aussitôt. Il se jeta dans la danse avec fougue, son chapeau haut de forme roula de côté et il se laissa prendre dans le tourbillon du cancan. Jane Avril ne semblait pas du tout étonnée qu'il fût devenu de taille normale, elle dansait et chantait et l'embrassait, et il était heureux. C'est alors que le rideau tomba, que la scène disparut et que Henri de Toulouse-Lautrec se retrouva en compagnie de sa Jane Avril dans la campagne d'Albi. À présent, c'était de nouveau midi, et les cigales stridulaient, comme devenues folles. Jane Avril, épuisée par la chaleur et par la danse, se laissa tomber sous un chêne et remonta ses jupes jusqu'aux genoux. Puis elle tendit les bras et Henri de Toulouse-Lautrec s'y laissa tomber avec volupté. Jane Avril le serra contre ses seins et le berça comme on berce un enfant. Tu me plaisais aussi avec les jambes courtes, lui susurrat-elle dans une oreille, mais à présent que tes jambes ont grandi, tu me plais encore plus. Henri de Toulouse-Lautrec sourit, il l'embrassa à son tour et, serrant le coussin contre lui, il se retourna de l'autre côté et continua de rêver.

Rêve de Fernando Pessoa, poète et simulateur

La nuit du sept mars 1914, Fernando Pessoa, poète et simulateur, rêva qu'il se réveillait. Il prit un café dans la petite chambre qu'il louait, se rasa et s'habilla de façon élégante. Il passa son imperméable, car dehors il pleuvait. Quand il sortit, il était huit heures moins vingt, et à huit heures pile il était à la gare, sur le marchepied du train direct pour Santarém. Le train partit avec une parfaite ponctualité, à huit heures cinq minutes. Fernando Pessoa prit place dans un compartiment où était assise une femme qui paraissait la cinquantaine, et qui était en train de lire. Cette femme était sa mère mais ce n'était pas sa mère, et elle était plongée dans la lecture. Fernando Pessoa lui aussi se mit à lire. Ce jour-là, il avait à lire deux lettres qui lui étaient arrivées d'Afrique du Sud et qui lui parlaient d'une enfance lointaine.

Je fus comme l'herbe, et ils ne m'ont pas arrachée, dit à un certain moment la femme qui paraissait la cinquantaine. La phrase plut à Fernando Pessoa, qui la nota dans un carnet. Pendant ce temps, devant eux, défilait le paysage du Ribatejo, avec ses rizières et ses prairies.

Quand ils arrivèrent à Santarém, Fernando Pessoa prit un fiacre. Est-ce que vous savez où se trouve une maison isolée blanchie à la chaux ?, demanda-t-il au cocher. Le cocher était un petit homme grassouillet, au nez rougi par l'alcool. Bien sûr, dit-il, c'est la maison de Monsieur Caeiro, je la connais bien. Et il fouetta le cheval. Celui-ci se mit à trottiner sur la route principale bordée de palmiers. Dans les champs, on voyait des cases de paille, avec parfois un Noir qui se tenait sur le pas de la porte.

Mais où sommes-nous ?, demanda Pessoa au cocher, où me conduisez-vous ?

Nous sommes en Afrique du Sud, répondit le cocher, et je vous conduis à la maison de Monsieur Caeiro.

Pessoa se sentit rassuré, il s'appuya contre le dossier du siège. Ah, c'était donc l'Afrique du Sud, exactement ce qu'il voulait. Il croisa les jambes avec satisfaction et vit ses chevilles nues, dans des pantalons de marin. Il comprit qu'il était un enfant et cela le réjouit beaucoup. C'était beau d'être un enfant qui voyageait à travers l'Afrique du Sud. Il sortit un paquet de cigarettes et en alluma une avec volupté. Il en offrit aussi une au cocher qui s'empressa d'accepter.

Le crépuscule tombait quand ils arrivèrent en vue d'une maison blanche située sur une colline ponctuée de cyprès. C'était une maison typique du Ribatejo, longue et basse, au toit en pente recouvert de tuiles rouges. Le fiacre s'engagea dans l'allée de cyprès, le gravier craqua sous les roues, un chien aboya dans la campagne.

À la porte de la maison se trouvait une petite vieille avec des lunettes et une coiffe d'un blanc éclatant. Pessoa comprit tout de suite qu'il s'agissait de la grand-tante d'Alberto Caeiro et, se dressant sur la pointe des pieds, il l'embrassa sur les joues.

Ne fatiguez pas trop mon Alberto, dit la petite vieille, il est de santé si fragile.

Elle s'écarta et Pessoa entra dans la maison. C'était une grande chambre, meublée avec simplicité. Il y avait une cheminée, une petite bibliothèque, un buffet plein d'assiettes, un divan et deux fauteuils. Alberto Caeiro était assis dans un fauteuil et se tenait la tête rejetée en arrière. C'était le Headmaster Nicholas, son professeur de la High School.

Je ne savais pas que Caeiro c'était vous, dit Fernando Pessoa, et il fit une petite révérence. Alberto Caeiro lui adressa un signe fatigué qui l'invitait à s'approcher. Avancez, cher Pessoa, dit-il, je vous ai convoqué ici parce que je voulais que vous sachiez la vérité.

Sur ces entrefaites, la grand-tante arriva avec un plateau où il y avait du thé et des petits gâteaux. Caeiro et Pessoa se servirent et prirent chacun une tasse. Pessoa se rappela de ne pas lever le petit doigt, parce que ce n'était pas élégant. Il arrangea le col de son habit de marin et alluma une cigarette. Vous êtes mon maître, dit-il.

Caeiro soupira, puis il sourit. C'est une longue histoire, dit-il, mais il est inutile que je vous l'explique en long et en large, vous êtes intelligent et vous comprendrez même si je saute des passages. Sachez seulement une chose, c'est que moi je suis vous.

Expliquez-vous mieux, dit Pessoa.

Je suis la partie la plus profonde de vous, dit Caeiro, votre part obscure. C'est pour cela que je suis votre maître.

Un clocher, dans le village voisin, sonna l'heure.

Et moi, qu'est-ce que je dois faire ?, demanda Pessoa.

Vous, vous devez suivre ma voix, dit Caeiro, vous m'écouterez dans la veille et dans le sommeil, parfois je vous dérangerai, d'autres fois vous ne voudrez pas m'entendre. Mais vous devrez m'écouter, vous devrez avoir le courage d'écouter cette voix, si vous voulez être un grand poète.

Je le ferai, dit Pessoa, je le promets.

Il se leva et prit congé. Le fiacre l'attendait devant la porte. À présent, il était de nouveau adulte, et ses moustaches avaient repoussé. Où dois-je vous conduire ?, demanda le cocher. Conduisez-moi vers la fin du rêve, dit Pessoa, c'est aujourd'hui le jour triomphal de ma vie.

C'était le huit mars, et un timide soleil filtrait à travers la fenêtre de Pessoa.

Rêve de Vladimir Maïakovski, poète et révolutionnaire

Le trois avril 1930, le dernier mois de sa vie, Vladimir Maïakovski, poète et révolutionnaire, fit le même rêve que désormais il faisait toutes les nuits depuis un an.

Il rêva qu'il se trouvait dans le métro de Moscou, sur une rame qui roulait à grande vitesse. Il était fasciné par la vitesse, car il aimait le futur et les machines mais, à présent, il ressentait un angoissant besoin de descendre, et il remuait avec insistance un objet qu'il tenait dans sa poche. Pour contenir son angoisse, il eut l'idée de s'asseoir, et il choisit un siège près d'une petite vieille habillée en noir qui portait un sac à provisions. Quand Maïakovski s'assit à côté d'elle, la petite vieille sursauta, effrayée.

Ai-je donc l'air si mauvais ?, pensa Maïakovski, et il sourit à la petite vieille. Puis il lui dit : n'ayez pas peur, je ne suis qu'un nuage et je ne demande rien d'autre que descendre de ce train.

Finalement le train s'arrêta à une station quelconque, et Maïakovski descendit sans y faire attention. Il entra dans les premières toilettes qu'il trouva et sortit l'objet qu'il avait dans sa poche. C'était un morceau de savon jaune, comme celui qu'utilisent les blanchisseuses. Il ouvrit le robinet et commença de se frotter soigneusement les mains, mais la saleté qu'il sentait sur ses paumes ne partait pas. Alors il glissa de nouveau le savon dans sa poche et sortit vers la galerie. La station était déserte. Au fond, sous une grande affiche, se trouvaient trois hommes qui, le voyant, vinrent à sa rencontre. Ils portaient des imperméables noirs et des chapeaux de feutre.

Police politique, dirent les trois hommes à l'unisson, perquisition de sécurité.

Maïakovski leva les bras et se laissa fouiller.

Et ça, qu'est-ce que c'est ?, demanda un des hommes avec un air de mépris, brandissant le morceau de savon.

Je ne sais pas, dit Maïakovski avec fierté, moi je ne sais rien de ces choses, je ne suis qu'un nuage.

Ça c'est du savon, susurra perfidement l'homme qui l'interrogeait, et tu dois certainement te laver souvent les mains, le savon est encore mouillé.

Maïakovski ne répondit rien, il essuya son front trempé de sueur.

Viens avec nous, dit l'homme, et il le prit par le bras tandis que les deux autres les suivaient.

Ils montèrent des escaliers et arrivèrent à une grande station en plein air. Sous la station se trouvait un tribunal, avec des juges habillés en militaires et un public d'enfants habillés en petits orphelins.

Les trois hommes le conduisirent jusqu'au banc des accusés et remirent le savon à l'un des juges. Le juge prit un mégaphone et dit : nos services de sécurité ont surpris un coupable en flagrant délit, il portait encore dans sa poche l'objet de sa douteuse activité.

Le public des petits orphelins émit un chœur de désapprobation.

Le coupable est condamné à la locomotive, dit le juge en tapant sur le pupitre avec son marteau de bois.

Deux gardes s'avancèrent, déshabillèrent Maïakovski et le vêtirent d'une énorme blouse jaune. Puis ils le conduisirent vers une locomotive qui lançait déjà des bouffées de fumée, conduite par un chauffeur à moitié nu et à l'air féroce. Sur la locomotive, un bourreau revêtu du capuchon typique des bourreaux tenait en main une cravache.

À présent, on va voir ce que tu sais faire, dit le bourreau, et la locomotive se mit en route.

Maïakovski regarda dehors et se rendit compte qu'ils étaient en train de traverser la grande Russie. D'immenses campagnes et des plaines, où des hommes et des femmes très maigres gisaient par terre, les fers aux poignets.

Ces gens attendent tes poèmes, dit le bourreau, eh bien chante, poète. Et il le fouetta.

Et Maïakovski se mit à réciter ses plus mauvais poèmes. C'étaient des poèmes pleins d'exaltation et de rhétorique. Et tandis qu'il récitait, les gens levaient les poignets, et le maudissaient, et maudissaient sa mère.

Alors Vladimir Maïakovski se leva et alla se laver les mains aux toilettes.

Rêve de Federico García Lorca, poète et antifasciste

Une nuit d'août 1936, dans sa maison de Grenade, Federico García Lorca, poète et antifasciste, fit un rêve. Il rêva qu'il se trouvait sur la scène de son petit théâtre ambulant et que, s'accompagnant au piano, il chantait des chansons gitanes. Il était vêtu d'un frac, mais il portait sur la tête un chapeau andalou à larges bords. Le public était composé de vieilles dames vêtues de noir, avec une mantille sur les épaules, qui l'écoutaient ravies. Une voix, de la salle, lui demanda une chanson, et Federico García Lorca se mit à l'interpréter. C'était une chanson qui parlait de duels et d'orangeraies, de passions et de mort. Quand il eut fini de chanter, Federico García Lorca se leva et salua le public. Le rideau tomba, et alors seulement il se rendit compte qu'il n'y avait pas de coulisses derrière le piano, mais que le théâtre s'ouvrait sur une campagne désolée. C'était la nuit, la lune brillait. Federico García Lorca regarda entre les pans du rideau et vit que le théâtre s'était vidé comme par enchantement, la salle était complètement déserte, les lumières baissaient d'intensité. À cet instant il entendit un geignement et, derrière lui, il aperçut un petit chien noir qui paraissait l'attendre. Federico García Lorca sentit qu'il devait le suivre et fit un pas. Le chien, comme à un signal convenu, commença de trottiner lentement, ouvrant le chemin. Où me portes-tu, petit chien noir ?, demanda Federico García Lorca. Le chien geignit douloureusement et Federico García Lorca sentit un frisson. Il se tourna, regarda en arrière, et vit que les parois de toile et de bois de son théâtre avaient disparu. Il restait un parterre désert sous la lune, tandis que le piano, comme si des doigts invisibles l'avaient effleuré, continuait de jouer tout seul une vieille mélodie. La campagne était coupée par un mur : un long et inutile mur blanc au-delà duquel on voyait une autre campagne. Le chien s'arrêta et geignit de nouveau, Federico García Lorca lui aussi s'arrêta. C'est alors que débouchèrent de derrière le mur des soldats qui l'entourèrent en riant. Ils étaient habillés en brun et avaient des tricornes sur la tête. D'une main, ils tenaient le fusil, et de l'autre une bouteille de vin. Leur chef était un nain monstrueux, à la tête toute bosselée. Tu es un traître, dit le nain, et nous sommes tes bourreaux. Federico García Lorca lui cracha au visage tandis que les soldats l'immobilisaient. Le nain éclata d'un rire obscène et cria aux soldats de lui enlever le pantalon. Tu es une femme, dit-il, et les femmes ne doivent pas porter de pantalon, elles doivent rester enfermées dans les chambres de la maison et se couvrir la tête d'une mantille. À un geste du nain, les soldats l'attachèrent, lui enlevèrent le pantalon et lui couvrirent la tête d'un châle. Répugnante bonne femme qui t'habilles en homme, dit le nain, l'heure est arrivée que tu pries la Sainte Vierge. Federico García Lorca lui cracha au visage et le nain s'essuya en riant. Puis il tira un pistolet de sa poche et lui introduisit le canon dans la bouche. On entendait la mélodie du piano à travers la campagne. Le chien geignit. Federico García Lorca entendit un coup et sursauta dans son lit. On était en train de frapper à la porte de sa maison de Grenade avec des crosses de fusil.

Rêve du docteur Sigmund Freud, interprète des rêves d'autrui

La nuit du vingt-deux septembre 1939, le jour précédant sa mort, le docteur Sigmund Freud, interprète des rêves d'autrui, fit un rêve.

Il rêva qu'il était devenu Dora et qu'il était en train de traverser Vienne bombardée. La ville était détruite, de la poussière et de la fumée s'élevaient des bâtiments en ruine.

Comment est-il possible que cette ville ait été détruite ?, se demandait le docteur Freud, et il cherchait à fixer ses seins postiches. Mais à cet instant, il croisa, sur la Rathausstrasse, Frau Marta qui avançait avec la *Neue Freie Presse* déployée devant elle.

Oh, chère Dora, dit Frau Marta, je viens justement de lire que le docteur Freud est rentré à Vienne depuis Paris et qu'il habite précisément ici, au numéro sept de la Rathausstrasse, peut-être cela vous ferait-il du bien de vous faire examiner par lui. Et tout en disant cela, elle écarta du pied le cadavre d'un soldat.

Le docteur Freud éprouva un grand sentiment de honte, il rabaissa sa voilette sur le visage. Je ne comprends pas pourquoi, dit-il timidement.

Parce que vous avez tellement de problèmes, ma chère Dora, dit Frau Marta, vous avez tellement de problèmes comme nous tous, vous avez besoin de vous confier et, croyez-moi, rien ne vaut le docteur Freud pour les confidences, il comprend tout des femmes, au point qu'il semble parfois en être une, de femme, tant il s'identifie à leur rôle.

Le docteur Freud prit congé avec gentillesse, mais rapidement, et il reprit sa route. Un peu plus loin, il croisa le garçon boucher, qui le regarda avec insistance et lui fit un lourd compliment. Le docteur Freud s'arrêta, car il aurait voulu se battre à coups de poing avec lui, mais le garçon boucher lui regarda les jambes et dit : Dora, tu aurais besoin d'un vrai homme, au lieu d'être amoureuse de tes fantasmes.

Le docteur Freud s'arrêta, irrité. Et comment le sais-tu ?, lui demanda-t-il.

Tout Vienne le sait, dit le garçon boucher, tu as trop de fantasmes sexuels, c'est le docteur Freud qui l'a découvert.

Le docteur Freud leva les poings. C'en était

vraiment trop. Lui, le docteur Freud, qui avait des fantasmes sexuels. C'étaient les autres qui avaient ces fantasmes, ceux qui venaient lui faire leurs confidences. Lui, il était un homme parfaitement intègre, et ce genre de fantasmes était un problème d'enfants ou de personnes dérangées.

Ne joue pas à l'idiote, dit le garçon boucher en riant, et il lui donna une chiquenaude.

Le docteur Freud se ragaillardit. Après tout, c'était beau d'être traité familièrement par un viril garçon boucher, et après tout il était Dora, qui avait de sordides problèmes.

Il avança dans la Rathausstrasse et arriva devant sa maison. Sa maison, sa belle maison, n'existait plus, elle avait été détruite par un obus. Mais dans le petit jardin, qui survivait intact, il y avait son divan. Et sur le divan était étendu un rustaud avec des sabots et la chemise hors du pantalon, qui ronflait.

Le docteur Freud s'approcha de lui et le réveilla. Qu'est-ce que vous faites ici ?, lui demanda-t-il.

Le rustaud le fixa avec des yeux écarquillés. Je cherche le docteur Freud, dit-il.

Le docteur Freud c'est moi, dit le docteur Freud.

Ne me faites pas rigoler, Madame, dit le rustaud.

Eh bien, dit le docteur Freud, je vais vous confier quelque chose, aujourd'hui j'ai décidé de prendre les apparences d'une de mes patientes, et c'est pour cela que je suis habillé ainsi, je suis Dora.

Dora, dit le rustaud, mais moi je t'aime. Et disant cela il l'embrassa. Le docteur Freud éprouva un grand désarroi et se laissa tomber sur le divan. À cet instant, il se réveilla. C'était sa dernière nuit, mais il ne le savait pas.

Ceux qui rêvent dans ce livre

DÉDALE. Architecte et premier aviateur, il est peut-être un rêve de notre part.

PUBLIUS OVIDIUS NASO. Né à Sulmone en 42 avant J.-C. Il grandit à Rome, où il étudia la rhétorique et où il occupa diverses charges publiques. Il fut un grand poète, doué d'une exquise culture hellénistique, et dans *les Métamorphoses* il chanta l'apothéose d'Auguste en décrivant la transformation de celui-ci en astre. Mais sa carrière, peut-être à cause d'un scandale à la cour dans lequel il aurait été impliqué, fut interrompue par un décret impérial qui le relégua à Tomes, au bord de la mer Noire. Et Ovide mourut à Tomes, dans la solitude, en 18 après J.-C., malgré les suppliques envoyées à Auguste puis à son successeur Tibère.

LUCIUS APULÉE. 125-180 après J.-C. Né à Madaure, en Afrique du Nord, il étudia la rhétorique à Carthage, à Rome et à Athènes, et il s'initia aux cultes des mystères. Ayant épousé la veuve Pudentilla, il fut accusé par les parents de celle-ci de l'avoir poussée au mariage par des moyens diaboliques pour s'emparer de sa dot. Ses livres nous révèlent un homme mystérieux, à tendance mystique, enclin à l'ésotérisme. Son livre le plus connu, *l'Âne d'or*, est une sorte de biographie initiatique qui raconte les péripéties du jeune Lucius, transformé en âne par magie et qui à la fin retrouve une apparence humaine.

CECCO ANGIOLIERI. Sienne, 1260-1310. Il fut un Toscan irascible et blasphémateur. Il subit des amendes et des procès, dilapida l'héritage de son père, mourut dans la misère. Tandis que la poésie de son temps célébrait la femme angélique, il chanta les louanges de la grossière fille d'un tanneur. Il cultiva l'insulte et l'injure, vanta le jeu, le vin, l'argent, la haine pour son géniteur et la malédiction du monde.

FRANÇOIS VILLON. Il naquit en 1431 et la date de sa mort est incertaine. Il s'appelait François de Montcorbier, et prit le nom du tuteur qui lui avait tenu lieu de père. Homme à la vie désordonnée et turbulente, il tua un prêtre lors d'une rixe, participa à des vols et des rapines, fut l'objet d'une condamnation à mort par la suite transformée en exil. Dans ses ballades, il célébra l'argot des malfaiteurs qu'il fréquentait; et, avec *Le Testament*, il chanta l'amour et la mort, la haine, la pauvreté, la faim, la délinquance et le repentir.

FRANÇOIS RABELAIS. 1494-1553. Il fut frère dominicain, jeta son froc aux orties et devint un médecin réputé de l'hôpital de Lyon. Mais il n'abandonna jamais les habitudes de la vie monastique. C'était un latiniste cultivé, et il fut mal vu par les autorités de son temps en raison de ses idées progressistes. Peut-être pour sublimer les jeûnes que lui imposaient ses règles monastiques, il écrivit un livre qui demeura célèbre, inventant deux géants, Gargantua et Pantagruel, qui sont les plus grands mangeurs et jouisseurs de toute la littérature occidentale.

MICHELANGELO MERISI DIT LE CARAVAGE. Caravaggio, 1573 - Porto Ercole, 1610. De son village natal, il se rendit à Rome, où il vécut dans une triste misère jusqu'à ce qu'il fût accueilli par le Cavalier d'Arpin qui lui commanda ses premiers travaux. Après s'être confronté à la nature morte, il commença de peindre ses grandes toiles dramatiques et religieuses, avec son inimitable clair-obscur. La *Vocation de saint Matthieu* est peut-être son chef-d'œuvre. Il fut un homme de querelles et de couteau. Il commit un homicide lors d'une rixe, prit la fuite à Naples, puis à Malte, où il fut emprisonné et d'où il réussit à s'évader. Poursuivi par des sicaires, le visage balafré, il échoua à Porto Ercole, où il mourut des fièvres.

FRANCISCO GOYA Y LUCIENTES. Saragosse, 1746 - Bordeaux, 1828. Il naquit pauvre et mourut pauvre. Il étudia la peinture à Madrid, voyagea en Italie, visitant Rome et Venise. À la cour d'Espagne, il connut des faveurs et des disgrâces, des succès galants et de cuisants chagrins. Il fut le protégé de la duchesse d'Albe, qu'il immortalisa dans un de ses tableaux. La folie lui rendait sporadiquement visite. Ses *Caprices*, dessinés en 1799, lui coûtèrent un procès devant l'Inquisition. Il représenta des visions terrifiantes, les désastres de la guerre et les malheurs des hommes.

SAMUEL TAYLOR COLERIDGE. 1772-1834. Il étudia à Cambridge, mais n'obtint pas son diplôme. Par chagrin d'amour, il s'enrôla dans un régiment de cavalerie sous le faux nom de Silas Tomkyn Comberbacke, et dut être racheté avec les sous de son frère. Il fut un homme habité par un ardent désir d'utopie : il fut unitarien en religion, et fondateur de la « pantisocratie », un projet communiste avant la lettre qui avait l'ambition de délivrer les hommes de l'inégalité. Avec l'opium, qui l'avait attiré, il connut les paradis artificiels mais, contrairement à son ami De Quincey, il ne se vanta jamais de son vice et le vécut dans la solitude. Visionnaire, rêveur et métaphysicien, il nous a laissé, entre autres choses, un puissant délire sous forme de ballade, *The Rime of the Ancient Mariner.*

GIACOMO LEOPARDI. Recanati, 1798 - Naples, 1837. Il naquit dans une famille noble, étudia voracement les sciences, la philosophie et les langues classiques dans la bibliothèque paternelle, grandit malheureux dans son corps et dans son esprit. Il eut en horreur la prison provinciale dans laquelle il avait été élevé, détesta la petitesse et la mesquinerie, aima l'art, la science, la pensée éclairée, la passion civile. Il fut un insigne philologue, un amer philosophe et un très grand poète. Il chanta l'amour, le temps qui fuit, le malheur des hommes, l'infini et la lune.

CARLO COLLODI. De son vrai nom Carlo Lorenzini, il naquit à Collodi, en Toscane, en 1826, et mourut à Florence en 1890. Il fut un fervent partisan des idées de Mazzini, participa aux campagnes militaires du Risorgimento, aima la liberté et l'indépendance, et eut cependant à travailler comme censeur de théâtre auprès du gouvernement toscan à partir de 1859. C'était un homme bourru, solitaire, qui aimait les excès de nourriture et de vin. Il fut persécuté par les rhumatismes, les manies et l'insomnie. Il donna une vie immortelle à une marionnette de bois.

ROBERT LOUIS STEVENSON. Il naquit à Édimbourg en 1850. De santé précaire, sa jeunesse fut marquée par de longues maladies et d'interminables convalescences. Il souffrait des poumons et mourut de phtisie. Il voyagea en Europe, aux États-Unis et dans le Pacifique. *L'Île au trésor* est son livre le plus célèbre. Pour mourir, il choisit une île lointaine, Opolu, dans les îles Samoa. Il fut enterré au sommet de la montagne. Il avait quarante-quatre ans.

ARTHUR RIMBAUD. Charleville, 1845 - Marseille, 1891. Né dans une famille oppressive, bigote et conservatrice, il prit la fuite pour Paris à l'âge de seize ans afin de participer à la Commune et commença sa vie inquiète et déréglée, faite de vagabondages et d'aventures. Il traversa la poésie française comme un météore, laissant des vers visionnaires et d'un mystérieux lyrisme. Il aima le poète Paul Verlaine, qui le blessa d'un coup de revolver lors d'une dispute. Il connut l'infamie et l'hôpital. Il erra à travers l'Europe en compagnie d'un cirque. La poésie une fois abandonnée, il fut contrebandier en Abyssinie. Il rentra en France à cause d'une tumeur à un genou, subit l'amputation d'une jambe et mourut à l'hôpital de Marseille.

ANTON PAVLOVITCH TCHEKHOV. 1860-1904. Écrivain et dramaturge russe. Il fut médecin, mais n'exerça sa profession que lors de disettes ou d'épidémies. Il était atteint de phtisie. En 1890, il traversa la Sibérie pour rejoindre la lointaine île de Sakhaline, siège d'une colonie pénitencière, et il écrivit un livre sur les terribles conditions des forçats. Il aima une actrice de théâtre. Il écrivit des nouvelles, des drames et des comédies. Il parla de la vie quotidienne, du commun des mortels, des pauvres, des enfants, des petites et grandes choses de la vie.

CLAUDE ACHILLE DEBUSSY. Saint-Germain-en-Laye, 1862 - Paris, 1918. Il étudia avec les maîtres Marmontel et Guiraud, eut le Prix de Rome, séjournant pendant trois ans à la Villa Médicis, s'enthousiasma au début pour la musique de Wagner puis perdit son enthousiasme. À l'Exposition universelle de Paris il découvrit la musique orientale, qui l'influença. Il aima les symbolistes, les impressionnistes, les décadents. Il mena une vie élégante et retirée, tout entière consacrée à la musique et à l'art.

HENRI DE TOULOUSE-LAUTREC. Albi, 1864 - Malromé, 1901. D'antique et noble famille française, il fut peintre, dessinateur et lithographe. Difforme de corps, il mena à Paris une existence inquiète, malheureuse et déréglée, fréquentant les boîtes de nuit, les music-halls et les maisons de tolérance. Il détesta les écoles et les académies. Il peignit les clowns, les acteurs, les danseuses, les ivrognes, les prostituées, le vice, la misère, la solitude.

FERNANDO PESSOA. Lisbonne, 1888-1935. Petit enfant il perdit son père, et il fut éduqué en Afrique du Sud, où son parâtre était consul du Portugal. Il eut toujours conscience d'être un génie et peur de devenir fou comme l'était devenue sa grand-mère paternelle. Il savait qu'il était pluriel, et il accepta ce fait dans l'écriture et dans la vie, donnant voix à beaucoup de poètes différents, ses hétéronymes, dont le maître était Alberto Caeiro, un homme de santé fragile qui vivait avec une vieille grand-tante dans une maison de campagne du Ribatejo. Il passa son existence comme employé dans des entreprises d'import-export, traduisant des lettres commerciales. Il vécut le plus souvent dans de modestes chambres louées. Il eut un seul amour dans sa vie, bref et intense, avec Ophélia Queiroz, employée comme dactylographe dans une des entreprises où il travaillait. Le « jour triomphal » de sa vie fut le huit mars 1914, quand les poètes qui l'habitaient commencèrent d'écrire par l'intermédiaire de sa main.

VLADIMIR MAÏAKOVSKI. Né dans un village de Géorgie en 1893, il étudia la peinture, l'architecture et la sculpture. Très jeune, il entra dans le parti bolchevique clandestin et connut la prison. Conquis par les idées de la modernité, il devint vite le coryphée du Futurisme et entreprit une tournée en locomotive à travers la Russie, vêtu d'une blouse orange. Il adhéra avec enthousiasme à la révolution bolchevique et occupa d'importantes charges dans les instances artistiques révolutionnaires. Il fut organisateur, propagandiste, dessinateur d'affiches et auteur de vers furieux et héroïques. En 1925, il publia un malheureux petit poème pour célébrer la figure de Lénine. Mais dans son pays, les temps commençaient à se faire difficiles pour les artistes d'avant-garde. Déçu et effrayé, il fut atteint par une grave forme de névrose obsessionnelle. Il se lavait sans arrêt les mains, et sortait de sa maison avec une savonnette dans la poche. La version officielle soutient qu'il se suicida d'un coup de pistolet en 1930.

FEDERICO GARCÍA LORCA. Né dans la province de Grenade en 1898, il étudia à Madrid et fut ami des principaux artistes de sa génération. Il fut poète, mais aussi musicien, peintre et dramaturge. En 1932, le gouvernement de la République espagnole lui confia la charge de créer un groupe théâtral qui porterait les classiques à la connaissance du peuple. C'est ainsi que naquit « La Barraca », une sorte de théâtre ambulant avec lequel Lorca sillonna toute l'Espagne. En 1936, il fonda l'association des intellectuels antifascistes. Dans le *Cante jondo* et dans presque toute sa poésie, il célébra les traditions des gitans d'Andalousie, leurs chants et leurs passions. Il fut assassiné en 1936 près de Grenade par les gendarmes franquistes.

SIGMUND FREUD. Freiberg, 1856 - Londres, 1939. Il était neurologue. Il étudia d'abord l'hystérie et l'hypnotisme de Charcot, puis il interpréta les rêves des hommes (*l'Interprétation des rêves*, 1900), cherchant à remonter de ceux-là au malheur qui nous poursuit. Il soutint que l'être humain, en son intérieur, a un grumeau obscur, et il l'appela Inconscient. Ses *Cinq psychanalyses* peuvent être lues comme d'ingénieux romans. Le Ça, le Moi et le Surmoi sont sa Trinité. Et, peut-être, encore la nôtre.

DU MÊME AUTEUR

Aux Éditions Gallimard

TRISTANO MEURT. (Folio n° 4386).

LE FIL DE L'HORIZON. Traduction révisée (Folio n° 4384).

PETITES ÉQUIVOQUES SANS IMPORTANCE. Nouvelle traduction.

Aux Éditions Christian Bourgois

DIALOGUES MANQUÉS.

LES OISEAUX DE FRA ANGELICO.

NOCTURNE INDIEN.

LE JEU DE L'ENVERS (Folio n° 4385).

FEMMES DE PORTO PIM ET AUTRES HISTOIRES.

PIAZZA D'ITALIA.

RÊVES DE RÊVES (Folio n° 4479).

PEREIRA PRÉTEND.

LA TÊTE PERDUE DE DAMASCENO MONTEIRO.

L'ANGE NOIR.

UNE MALLE PLEINE DE GENS.

REQUIEM (Folio n° 4383).

LE PETIT NAVIRE.

IL SE FAIT TARD, DE PLUS EN PLUS TARD.

Aux Éditions du Seuil

LES TROIS DERNIERS JOURS DE FERNANDO PESSOA.

LA NOSTALGIE, L'AUTOMOBILE ET L'INFINI.

AUTOBIOGRAPHIES D'AUTRUI.

LA NOSTALGIE DU POSSIBLE.

AU PAS DE L'OIE.

Aux Éditions Adam Biro

LA TENTATION DE SAINT ANTOINE.

Aux Éditions Mille et une nuits

LA GASTRITE DE PLATON.

Aux Éditions la Passe du vent

L'ATELIER DE L'ÉCRIVAIN.

Aux Éditions Fata Morgana

LE TRISTE CAS DE M. SILVA DA SILVA E SILVA.

Aux Éditions Galilée

LES CÉPHALÉES DU MINOTAURE.

COLLECTION FOLIO

Dernières parutions

4108. George Sand	*Consuelo II.*
4109. André Malraux	*Lazare.*
4110. Cyrano de Bergerac	*L'Autre Monde.*
4111. Alessandro Baricco	*Sans sang.*
4112. Didier Daeninckx	*Raconteur d'histoires.*
4113. André Gide	*Le Ramier.*
4114. Richard Millet	*Le renard dans le nom.*
4115. Susan Minot	*Extase.*
4116. Nathalie Rheims	*Les fleurs du silence.*
4117. Manuel Rivas	*La langue des papillons.*
4118. Daniel Rondeau	*Istanbul.*
4119. Dominique Sigaud	*De chape et de plomb.*
4120. Philippe Sollers	*L'Étoile des amants.*
4121. Jacques Tournier	*À l'intérieur du chien.*
4122. Gabriel Sénac de Meilhan	*L'Émigré.*
4123. Honoré de Balzac	*Le Lys dans la vallée.*
4124. Lawrence Durrell	*Le Carnet noir.*
4125. Félicien Marceau	*La grande fille.*
4126. Chantal Pelletier	*La visite.*
4127. Boris Schreiber	*La douceur du sang.*
4128. Angelo Rinaldi	*Tout ce que je sais de Marie.*
4129. Pierre Assouline	*État limite.*
4130. Élisabeth Barillé	*Exaucez-nous !*
4131. Frédéric Beigbeder	*Windows on the World.*
4132. Philippe Delerm	*Un été pour mémoire.*
4133. Colette Fellous	*Avenue de France.*
4134. Christian Garcin	*Du bruit dans les arbres.*
4135. Fleur Jaeggy	*Les années bienheureuses du châtiment.*
4136. Chateaubriand	*Itinéraire de Paris à Jérusalem.*
4137. Pascal Quignard	*Sur le jadis. Dernier royaume, II.*
4138. Pascal Quignard	*Abîmes. Dernier Royaume, III.*
4139. Michel Schneider	*Morts imaginaires.*
4140. Zeruya Shalev	*Vie amoureuse.*

4141. Frédéric Vitoux — *La vie de Céline.*
4142. Fédor Dostoïevski — *Les Pauvres Gens.*
4143. Ray Bradbury — *Meurtres en douceur.*
4144. Carlos Castaneda — *Stopper-le-monde.*
4145. Confucius — *Entretiens.*
4146. Didier Daeninckx — *Ceinture rouge.*
4147. William Faulkner — *Le Caïd.*
4148. Gandhi — *La voie de la non-violence.*
4149. Guy de Maupassant — *Le Verrou et autres contes grivois.*
4150. D. A. F. de Sade — *La Philosophie dans le boudoir.*
4151. Italo Svevo — *L'assassinat de la Via Belpoggio.*
4152. Laurence Cossé — *Le 31 du mois d'août.*
4153. Benoît Duteurtre — *Service clientèle.*
4154. Christine Jordis — *Bali, Java, en rêvant.*
4155. Milan Kundera — *L'ignorance.*
4156. Jean-Marie Laclavetine — *Train de vies.*
4157. Paolo Lins — *La Cité de Dieu.*
4158. Ian McEwan — *Expiation.*
4159. Pierre Péju — *La vie courante.*
4160. Michael Turner — *Le Poème pornographe.*
4161. Mario Vargas Llosa — *Le Paradis — un peu plus loin.*
4162. Martin Amis — *Expérience.*
4163. Pierre Autin-Grenier — *Les radis bleus.*
4164. Isaac Babel — *Mes premiers honoraires.*
4165. Michel Braudeau — *Retour à Miranda.*
4166. Tracy Chevalier — *La Dame à la Licorne.*
4167. Marie Darrieussecq — *White.*
4168. Carlos Fuentes — *L'instinct d'Inez.*
4169. Joanne Harris — *Voleurs de plage.*
4170. Régis Jauffret — *univers, univers.*
4171. Philippe Labro — *Un Américain peu tranquille.*
4172. Ludmila Oulitskaïa — *Les pauvres parents.*
4173. Daniel Pennac — *Le dictateur et le hamac.*
4174. Alice Steinbach — *Un matin je suis partie.*
4175. Jules Verne — *Vingt mille lieues sous les mers.*
4176. Jules Verne — *Aventures du capitaine Hatteras.*
4177. Emily Brontë — *Hurlevent.*
4178. Philippe Djian — *Frictions.*
4179. Éric Fottorino — *Rochelle.*

4180. Christian Giudicelli — *Fragments tunisiens.*
4181. Serge Joncour — *U.V.*
4182. Philippe Le Guillou — *Livres des guerriers d'or.*
4183. David McNeil — *Quelques pas dans les pas d'un ange.*
4184. Patrick Modiano — *Accident nocturne.*
4185. Amos Oz — *Seule la mer.*
4186. Jean-Noël Pancrazi — *Tout est passé si vite.*
4187. Danièle Sallenave — *La vie fantôme.*
4188. Danièle Sallenave — *D'amour.*
4189. Philippe Sollers — *Illuminations.*
4190. Henry James — *La Source sacrée.*
4191. Collectif — *«Mourir pour toi».*
4192. Hans Christian Andersen — *L'elfe de la rose et autres contes du jardin.*
4193. Épictète — *De la liberté* précédé de *De la profession de Cynique.*
4194. Ernest Hemingway — *Histoire naturelle des morts* et autres nouvelles.
4195. Panaït Istrati — *Mes départs.*
4196. H. P. Lovecraft — *La peur qui rôde* et autres nouvelles.
4197. Stendhal — *Féder ou Le Mari d'argent.*
4198. Junichirô Tanizaki — *Le meurtre d'O-Tsuya.*
4199. Léon Tolstoï — *Le réveillon du jeune tsar* et autres contes.
4200. Oscar Wilde — *La Ballade de la geôle de Reading.*
4201. Collectif — *Témoins de Sartre.*
4202. Balzac — *Le Chef-d'œuvre inconnu.*
4203. George Sand — *François le Champi.*
4204. Constant — *Adolphe. Le Cahier rouge. Cécile.*
4205. Flaubert — *Salammbô.*
4206. Rudyard Kipling — *Kim.*
4207. Flaubert — *L'Éducation sentimentale.*
4208. Olivier Barrot/Bernard Rapp — *Lettres anglaises.*
4209. Pierre Charras — *Dix-neuf secondes.*
4210. Raphaël Confiant — *La panse du chacal.*
4211. Erri De Luca — *Le contraire de un.*

4212. Philippe Delerm	*La sieste assassinée.*
4213. Angela Huth	*Amour et désolation.*
4214. Alexandre Jardin	*Les Coloriés.*
4215. Pierre Magnan	*Apprenti.*
4216. Arto Paasilinna	*Petits suicides entre amis.*
4217. Alix de Saint-André	*Ma Nanie,*
4218. Patrick Lapeyre	*L'homme-sœur.*
4219. Gérard de Nerval	*Les Filles du feu.*
4220. Anonyme	*La Chanson de Roland.*
4221. Maryse Condé	*Histoire de la femme cannibale.*
4222. Didier Daeninckx	*Main courante* et *Autres lieux.*
4223. Caroline Lamarche	*Carnets d'une soumise de province.*
4224. Alice McDermott	*L'arbre à sucettes.*
4225. Richard Millet	*Ma vie parmi les ombres.*
4226. Laure Murat	*Passage de l'Odéon.*
4227. Pierre Pelot	*C'est ainsi que les hommes vivent.*
4228. Nathalie Rheims	*L'ange de la dernière heure.*
4229. Gilles Rozier	*Un amour sans résistance.*
4230. Jean-Claude Rufin	*Globalia.*
4231. Dai Sijie	*Le complexe de Di.*
4232. Yasmina Traboulsi	*Les enfants de la Place.*
4233. Martin Winckler	*La Maladie de Sachs.*
4234. Cees Nooteboom	*Le matelot sans lèvres.*
4235. Alexandre Dumas	*Le Chevalier de Maison-Rouge.*
4236. Hector Bianciotti	*La nostalgie de la maison de Dieu.*
4237. Daniel Boulanger	*Tombeau d'Héraldine.*
4238. Pierre Clémenti	*Quelques messages personnels.*
4239. Thomas Gunzig	*Le plus petit zoo du monde.*
4240. Marc Petit	*L'équation de Kolmogoroff.*
4241. Jean Rouaud	*L'invention de l'auteur.*
4242. Julian Barnes	*Quelque chose à déclarer.*
4243. Nerval	*Aurélia.*
4244. Christian Bobin	*Louise Amour.*
4245. Mark Z. Danielewski	*Les Lettres de Pelafina.*
4246. Marthe et Philippe Delerm	*Le miroir de ma mère.*
4247. Michel Déon	*La chambre de ton père.*

4248. David Foenkinos — *Le potentiel érotique de ma femme.*
4249. Éric Fottorino — *Caresse de rouge.*
4250. J. M. G. Le Clézio — *L'Africain.*
4251. Gilles Leroy — *Grandir.*
4252. Jean d'Ormesson — *Une autre histoire de la littérature française, I.*
4253. Jean d'Ormesson — *Une autre histoire de la littérature française, II.*
4254. Jean d'Ormesson — *Et toi mon cœur pourquoi bats-tu.*
4255. Robert Burton — *Anatomie de la mélancolie.*
4256. Corneille — *Cinna.*
4257. Lewis Carroll — *Alice au pays des merveilles.*
4258. Antoine Audouard — *La peau à l'envers.*
4259. Collectif — *Mémoires de la mer.*
4260. Collectif — *Aventuriers du monde.*
4261. Catherine Cusset — *Amours transversales.*
4262. A. Corréard/ H. Savigny — *Relation du naufrage de la frégate la* Méduse.
4263. Lian Hearn — *Le clan des Otori, III : La clarté de la lune.*
4264. Philippe Labro — *Tomber sept fois, se relever huit.*
4265. Amos Oz — *Une histoire d'amour et de ténèbres.*
4266. Michel Quint — *Et mon mal est délicieux.*
4267. Bernard Simonay — *Moïse le pharaon rebelle.*
4268. Denis Tillinac — *Incertains désirs.*
4269. Raoul Vaneigem — *Le chevalier, la dame, le diable et la mort.*
4270. Anne Wiazcmsky — *Je m'appelle Élisabeth.*
4271. Martin Winckler — *Plumes d'Ange.*
4272. Collectif — *Anthologie de la littérature latine.*
4273. Miguel de Cervantes — *La petite Gitane.*
4274. Collectif — *«Dansons autour du chaudron».*
4275. Gilbert Keith Chesterton — *Trois enquêtes du Père Brown.*
4276. Francis Scott Fitzgerald — *Une vie parfaite* suivi de *L'accordeur.*
4277. Jean Giono — *Prélude de Pan* et autres nouvelles.

4278.	Katherine Mansfield	*Mariage à la mode* précédé de *La Baie.*
4279.	Pierre Michon	*Vie du père Foucault — Vie de Georges Bandy.*
4280.	Flannery O'Connor	*Un heureux événement* suivi de *La Personne Déplacée.*
4281.	Chantal Pelletier	*Intimités* et autres nouvelles.
4282.	Léonard de Vinci	*Prophéties* précédé de *Philosophie et aphorismes.*
4283.	Tonino Benacquista	*Malavita.*
4284.	Clémence Boulouque	*Sujets libres.*
4285.	Christian Chaix	*Nitocris, reine d'Égypte T. 1.*
4286.	Christian Chaix	*Nitocris, reine d'Égypte T. 2.*
4287.	Didier Daeninckx	*Le dernier guérillero.*
4288.	Chahdortt Djavann	*Je viens d'ailleurs.*
4289.	Marie Ferranti	*La chasse de nuit.*
4290.	Michael Frayn	*Espions.*
4291.	Yann Martel	*L'Histoire de Pi.*
4292.	Harry Mulisch	*Siegfried. Une idylle noire.*
4293.	Ch. de Portzamparc/ Philippe Sollers	*Voir Écrire.*
4294.	J.-B. Pontalis	*Traversée des ombres.*
4295.	Gilbert Sinoué	*Akhenaton, le dieu maudit.*
4296.	Romain Gary	*L'affaire homme.*
4297.	Sempé/Suskind	*L'histoire de Monsieur Sommer.*
4298.	Sempé/Modiano	*Catherine Certitude.*
4299.	Pouchkine	*La Fille du capitaine.*
4300.	Jacques Drillon	*Face à face.*
4301.	Pascale Kramer	*Retour d'Uruguay.*
4302.	Yukio Mishima	*Une matinée d'amour pur.*
4303.	Michel Schneider	*Maman.*
4304.	Hitonari Tsuji	*L'arbre du voyageur.*
4305.	George Eliot	*Middlemarch.*
4306.	Jeanne Benameur	*Les mains libres.*
4307.	Henri Bosco	*Le sanglier.*
4308.	Françoise Chandernagor	*Couleur du temps.*
4309.	Colette	*Lettres à sa fille.*
4310.	Nicolas Fargues	*Rade Terminus*
4311.	Christian Garcin	*L'embarquement.*
4312.	Iegor Gran	*Ipso facto.*

4313. Alain Jaubert	*Val Paradis.*
4314. Patrick Mcgrath	*Port Mungo.*
4315. Marie Nimier	*La Reine du silence.*
4316. Alexandre Dumas	*La femme au collier de velours.*
4317. Anonyme	*Conte de Ma'rûf le savetier.*
4318. René Depestre	*L'œillet ensorcelé.*
4319. Henry James	*Le menteur.*
4320. Jack London	*La piste des soleils.*
4321. Jean-Bernard Pouy	*La mauvaise graine.*
4322. Saint Augustin	*La Création du monde et le Temps.*
4323. Bruno Schulz	*Le printemps.*
4324. Qian Zhongshu	*Pensée fidèle.*
4325. Marcel Proust	*L'affaire Lemoine.*
4326. René Belletto	*La machine.*
4327. Bernard du Boucheron	*Court Serpent.*
4328. Gil Courtemanche	*Un dimanche à la piscine à Kigali.*
4329. Didier Daeninckx	*Le retour d'Ataï.*
4330. Régis Debray	*Ce que nous voile le voile.*
4331. Chahdortt Djavann	*Que pense Allah de l'Europe?*
4332. Chahdortt Djavann	*Bas les voiles!*
4333. Éric Fottorino	*Korsakov.*
4334. Charles Juliet	*L'année de l'éveil.*
4335. Bernard Lecomte	*Jean-Paul II.*
4336. Philip Roth	*La bête qui meurt.*
4337. Madeleine de Scudéry	*Clélie.*
4338. Nathacha Appanah	*Les rochers de Poudre d'Or.*
4339. Élisabeth Barillé	*Singes.*
4340. Jerome Charyn	*La Lanterne verte.*
4341. Driss Chraïbi	*L'homme qui venait du passé.*
4342. Raphaël Confiant	*Le cahier de romances.*
4343. Franz-Olivier Giesbert	*L'Américain.*
4344. Jean-Marie Laclavetine	*Matins bleus.*
4345. Pierre Michon	*La Grande Beune.*
4346. Irène Némirovsky	*Suite française.*
4347. Audrey Pulvar	*L'enfant-bois.*
4348. Ludovic Roubaudi	*Le 18.*
4349. Jakob Wassermann	*L'Affaire Maurizius.*
4350. J. G. Ballard	*Millenium People.*

4351.	Jerome Charyn	*Ping-pong.*
4352.	Boccace	*Le Décameron.*
4353.	Pierre Assouline	*Gaston Gallimard.*
4354.	Sophie Chauveau	*La passion Lippi.*
4355.	Tracy Chevalier	*La Vierge en bleu.*
4356.	Philippe Claudel	*Meuse l'oubli.*
4357.	Philippe Claudel	*Quelques-uns des cent regrets.*
4358.	Collectif	*Il était une fois... Le Petit Prince.*
4359.	Jean Daniel	*Cet étranger qui me ressemble.*
4360.	Simone de Beauvoir	*Anne, ou quand prime le spirituel.*
4361.	Philippe Forest	*Sarinagara.*
4362.	Anna Moï	*Riz noir.*
4363.	Daniel Pennac	*Merci.*
4364.	Jorge Semprún	*Vingt ans et un jour.*
4365.	Elizabeth Spencer	*La petite fille brune.*
4366.	Michel tournier	*Le bonheur en Allemagne?*
4367.	Stephen Vizinczey	*Éloge des femmes mûres.*
4368.	Byron	*Dom Juan.*
4369.	J.-B. Pontalis	*Le Dormeur éveillé.*
4370.	Erri De Luca	*Noyau d'olive.*
4371.	Jérôme Garcin	*Bartabas, roman.*
4372.	Linda Hogan	*Le sang noir de la terre.*
4373.	LeAnne Howe	*Équinoxes rouges.*
4374.	Régis Jauffret	*Autobiographie.*
4375.	Kate Jennings	*Un silence brûlant.*
4376.	Camille Laurens	*Cet absent-là.*
4377.	Patrick Modiano	*Un pedigree.*
4378.	Cees Nooteboom	*Le jour des Morts.*
4379.	Jean-Chistophe Rufin	*La Salamandre.*
4380.	W. G. Sebald	*Austerlitz.*
4381.	Collectif	*Humanistes européens de la Renaissance.* (à paraître)
4382.	Philip Roth	*La contrevie.*
4383.	Antonio Tabucchi	*Requiem.*
4384.	Antonio Tabucchi	*Le fil de l'horizon.*
4385.	Antonio Tabucchi	*Le jeu de l'envers.*
4386.	Antonio Tabucchi	*Tristano meurt.*
4387.	Boileau-Narcejac	*Au bois dormant.*
4388.	Albert Camus	*L'été.*
4389.	Philip K. Dick	*Ce que disent les morts.*

4390. Alexandre Dumas — *La Dame pâle.*
4391. Herman Melville — *Les Encantadas, ou Îles Enchantées.*
4392. Pidansat de Mairobert — *Confession d'une jeune fille.*
4393. Wang Chong — *De la mort.*
4394. Marguerite Yourcenar — *Le Coup de Grâce.*
4395. Nicolas Gogol — *Une terrible vengeance.*
4396. Jane Austen — *Lady Susan.*
4397. Annie Ernaux/Marc Marie — *L'usage de la photo.*
4398. Pierre Assouline — *Lutetia.*
4399. Jean-François Deniau — *La lune et le miroir.*
4400. Philippe Djian — *Impuretés.*
4401. Javier Marías — *Le roman d'Oxford.*
4402. Javier Marías — *L'homme sentimental.*
4403. E. M. Remarque — *Un temps pour vivre, un temps pour mourir.*
4404. E. M. Remarque — *L'obélisque noir.*
4405. Zadie Smith — *L'homme à l'autographe.*
4406. Oswald Wynd — *Une odeur de gingembre.*
4407. G. Flaubert — *Voyage en Orient.*
4408. Maupassant — *Le Colporteur* et autres nouvelles.
4409. Jean-Loup Trassard — *La déménagerie.*
4410. Gisèle Fournier — *Perturbations.*
4411. Pierre Magnan — *Un monstre sacré.*
4412. Jérôme Prieur — *Proust fantôme.*
4413. Jean Rolin — *Chrétiens.*
4414. Alain Veinstein — *La partition*
4415. Myriam Anissimov — *Romain Gary, le caméléon.*
4416. Bernard Chapuis — *La vie parlée.*
4417. Marc Dugain — *La malédiction d'Edgar.*
4418. Joël Egloff — *L'étourdissement.*
4419. René Frégni — *L'été.*
4420. Marie NDiaye — *Autoportrait en vert.*
4421. Ludmila Oulitskaïa — *Sincèrement vôtre, Chourik.*
4422. Amos Oz — *Ailleurs peut-être.*
4423. José Miguel Roig — *Le rendez-vous de Berlin.*
4424. Danièle Sallenave — *Un printemps froid.*

Composition et impression Bussière
à Saint-Amand (Cher), le 2 janvier 2007.
Dépôt légal : janvier 2007.
Numéro d'imprimeur : 62307-064159/1.
ISBN 978-2-07-033841-2./Imprimé en France.